天《あま》の雫《しずく》 鳳《おおとり》の木《き》

喜咲冬子

ポプラ文庫

目次

東星方
天壺国《あまつぼのくに》
星都《ほしのみやこ》
(甘露宮《あまつゆのみや》)
日向国《ひむかいのくに》
浪崗《なみおか》
鳳山《おおとりやま》
羽野《はねの》
赤川谷《あかがわたに》
晴海宮《はるみのみや》
澄泉《すみずみ》
祁背川《きせがわ》
浪崗…鉱山
羽野…塩鉱
澄泉…治水工事現場

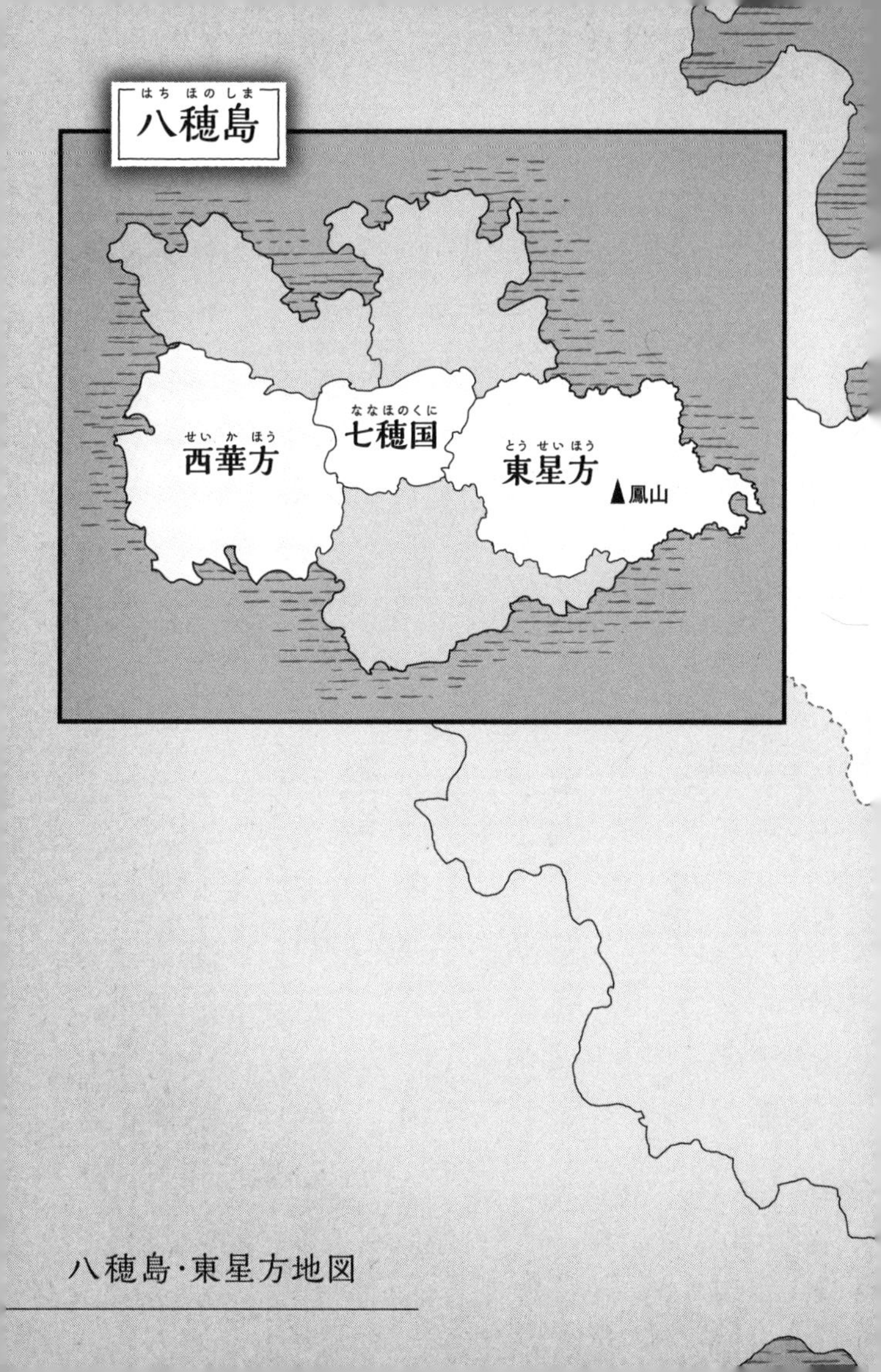

八穂島・東星方地図

用語集

天の雫【あまのしずく】

天壺国で受け継がれている、「一を癒し、一を殺す」と言われる秘薬。天の蓬莱山から降臨した天照日尊が蛮族の矢を身に受けた際に、その命を救った。また、毒として蛮族を殺したと伝わる。秘薬を用いた雨芽薬主は天壺国の祖となり、以降千年にわたり製法が守られている。

鳳山【おおとりやま】

天壺国において、蓬莱の医術の秘儀、薬草、秘薬の製法などを守る山。男子禁制。

斎宮【さいぐう】

鳳山の長。天壺国の王族の娘から選ばれる。生涯を薬道に捧げる入道者。

雛子【ひなこ】

人間の半分ほどの身長と、紅い髪が特徴。性別を持たず、食事は薬湯。薬草に関する感覚に優れ、鳳山で生涯働く。寿命は十五年と短く、子を産むとすぐに息を引き取る。

匙子【さじこ】

雛子の中でも優れた能力を持ち、人間の薬師を助ける存在。匙子は子を産むことはなく、生涯を薬師と共に過ごす。雛子よりもやや長寿。死したのちは、樹木に変じると言われている。

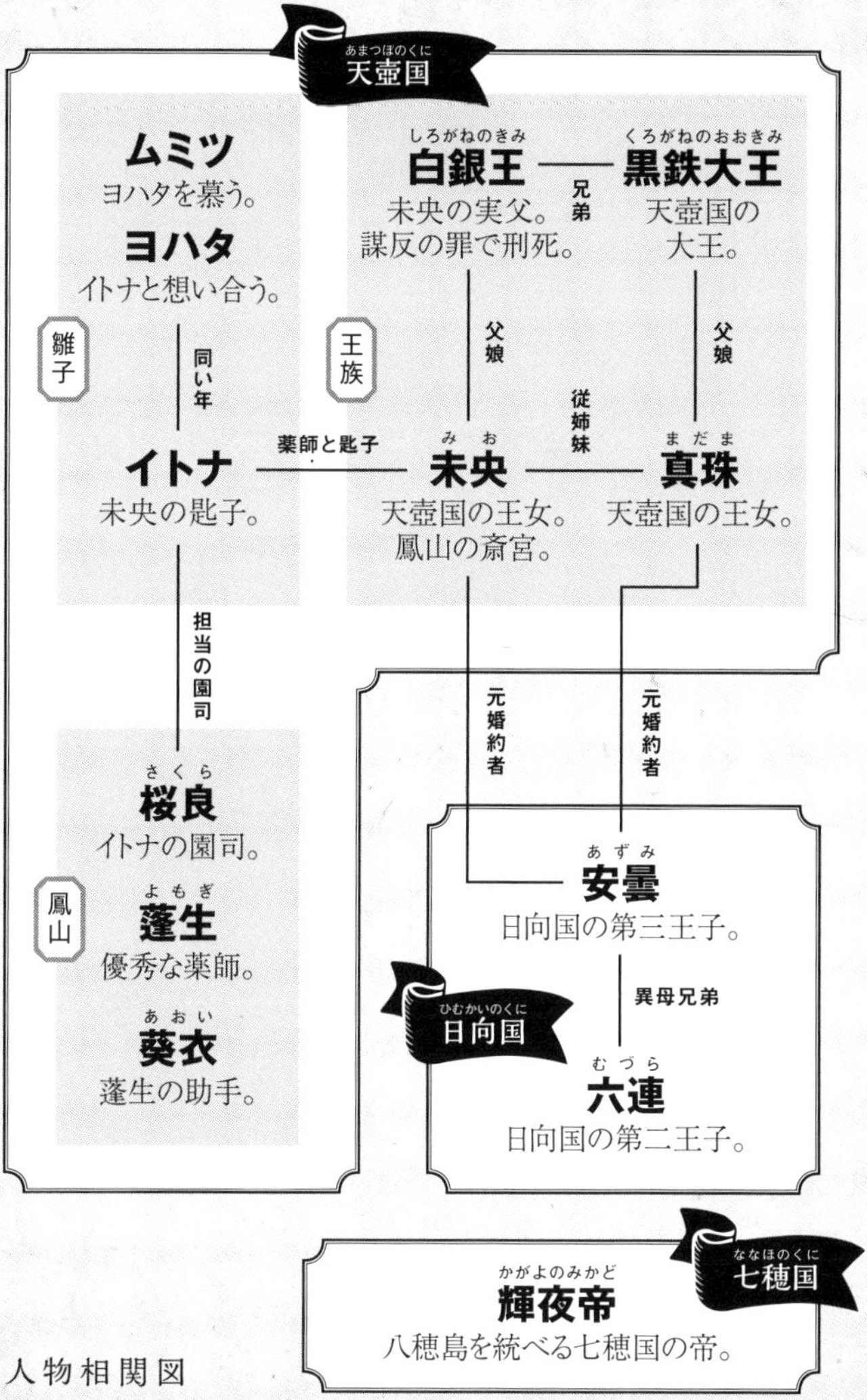
天壺国《あまつぼのくに》
ムミツ
ヨハタを慕う。
ヨハタ
イトナと想い合う。
雛子
同い年
イトナ
未央の匙子。
薬師と匙子
担当の園司
白銀王《しろがねのきみ》
未央の実父。
謀反の罪で刑死。
兄弟
黒鉄大王《くろがねのおおきみ》
天壺国の
大王。
王族
父娘
父娘
従姉妹
未央《みお》
天壺国の王女。
鳳山の斎宮。
真珠《まだま》
天壺国の王女。
元婚約者
元婚約者
桜良《さくら》
イトナの園司。
鳳山
蓬生《よもぎ》
優秀な薬師。
葵衣《あおい》
蓬生の助手。
日向国《ひむかいのくに》
安曇《あずみ》
日向国の第三王子。
異母兄弟
六連《むづら》
日向国の第二王子。
七穂国《ななほのくに》
輝夜帝《かがよのみかど》
八穂島を統べる七穂国の帝。

人物相関図

序

——鳳山の斎宮

ふぅわりと、瞼の裏が明るくなる。

目を開ければ、柔らかな、籠目《かごめ》模様の光に包まれた。

朝露をしっとりとまとった烏葉《うば》の、さわやかな香り。とん、とん、と繭《まゆ》を叩く音。

それが、イトナの朝だ。

「おはよう、イトナ」

籠目の絹の向こうに、綺麗な紅色がほんのりと見える。

そろり、と籠の蓋が開き、ちらり、とのぞく空と同じ蒼。イトナは、その蒼が好きだ。

「おはよう、ヨハタ」

イトナは繭床《まゆどこ》の蓋を下ろしながら、身体を起こす。

絹で包まれた、楕円の竹籠の寝台。絹の着物。白ばかりの世界の外の、鮮やかな色彩が心地いい。ヨハタの耳のあたりまでの髪は鮮やかに紅く、空の色の瞳は爽やかに蒼い。

イトナの、ヨハタのそれよりやや深い色の髪が、一筋頬にかかる。

それを、ヨハタが手ですくって耳にかけた。くすぐったくて、イトナは小さく笑う。

イトナの大きな瞳は、鮮やかな碧だ。その色が、故郷の海の色と同じだ、といつぞや園司《そのつかさ》の石根《いわね》から聞いた。イトナは海を知らないが、きっと美しいものなのだろう。石根は、目を細めて言っていた。それは、美しいものの話をする時の表情だ。

ヨハタは、イトナを見て目を細める。イトナも、また。

――薬湯《やくとう》のにおいが、鼻をくすぐった。

「ねぇ、イトナ。ムミツったら、まだ起きてこない。起こしてあげなくちゃ」

ヨハタが、イトナの右隣にある繭床の方に向かう。

白い楕円の繭床は、外から見れば繭にそっくりなところから名がついたそうだ。

この細長い繭舎《まゆや》には、二十の繭が等間隔に並んでいた。

イトナは、ヨハタが背を向けているのをいいことに、むっと唇をとがらせる。

ヨハタは、誰にでも優しい。「起きて、ムミツ」とイトナを起こすのと同じ調子で、繭床を叩いた。

繭床の蓋が、パッと開いた。すぐに動きだしたのは、中で狸寝入りをしていたからだろう。耳のあたりで揃った紅色の髪の、紫の瞳をした、イトナたちと同じ白い着物のムミツが身体を起こす。その頬が赤い。

「おはよう、ヨハタ」

ムミツは、ヨハタに笑顔を見せ――イトナをちらりと見てから、ぷい、と顔をそむけた。

（……なによ）

こちらから顔をそむけてやればよかった。昨日は上手くいったのに。二日前など、ヨハタはムミツを起こしにもいかなかった。いい日だったと思う。

(今日は嫌な日だ)

そこに、ころん、ころん、と木鈴《すず》の音が聞こえてくる。

イトナたちは、繭床の横に置かれた円座《えんざ》に、ちょこんと腰を下ろした。

慌ただしく繭舎に入ってきたのは、園司長《そのつかさのおさ》だ。多忙なのか、いつ見ても忙しない。

「おはようございます、鹿青《しかお》の雛子《ひなこ》様がた。お変わりございませんか？　さ、さ、薬湯を」

紅色の髪の、宝玉の瞳の、小さな人々は雛子、と呼ばれている。

雛子の世話をするのが園司だ。人、である。耳の辺りで切り揃えた髪は黒で、年を経ると白くなる。園司長は、三分の一ほどが白い。瞳の色は黒く、身体が雛子よりもずっと大きい。

最高齢の十五齢《れい》に近い雛子でも、人の腹ほどの高さにしかならない。人の身長は、雛子のように横並びではなく、背の高い者もいれば、低い者もいる。顔も様々だし、手脚の長さや胴の太さもずいぶん違う。園司長などは、背が低く胴回りがどっしりしている。遠くから雛子を見分けるのは難しいが、人を見分けるのはそう難しくはなかった。

頭を通して着る白い着物は、雛子も人も形は同じだ。ただ、雛子のそれは絹で、園司のそれは麻である。様々な姿の、決まった着物を持たない雑司《ぞうし》たちが次々と、二十人の雛子たちの前に膳《ぜん》を運ぶ。膳に載った木椀《もくわん》には、たっぷりと琥珀色の薬湯が入っていた。

二十人分の膳が揃ったところで、ころん、と木鈴が鳴る。雛子は手をあわせ、一礼してから椀を手に取った。

立ち上る薬湯の香りを、胸いっぱいに吸う。それから、一口。とろりと粘度のある液体が、夜の渇きを癒していく。

ほぉ、とイトナが深く息を吐けば、あちこちからも同じ音が聞こえた。

雛子の食事は、日に三度。朝と夕は薬湯。昼は鳥葉を摺った翡翠糖《ひすいとう》と決まっている。他は一切口にしない。

「おはようございます、イトナ様。お変わりありませんか？」

イトナの前で、手をついて頭を下げたのは、園司の桜良《さくら》だ。老いて園を出た石根に代わって、三年前に入った園司だ。麻の着物は皆白いが、帯の色は自由であるらしい。名にあわせたのか、いつも帯は淡い赤だ。身体はどこもかしこも円《まろ》やかで、けれど目は糸のように細い。年齢は十七。人は長生きなので、十五齢を越した年齢でも、髪はつやつやと黒く豊かである。

「おはよう、桜良。今日も変わりない」

イトナが答えれば、桜良は一礼してから右隣に移動した。彼女はイトナだけでなく、隣のムミツと、他に三人の雛子を担当している。

六年前、鹿青の年に生まれた雛子は全部で二十人。担当の園司は四人いる。

「今日は、未来の斎宮《さいぐう》様になられる候補の姫君がたがいらっしゃいますよ」

桜良は、イトナの前に戻ってから教えてくれた。

(まだ、どちらになるか決まってないんだ)

鳳山《おおとりやま》の斎宮は、天壺国《あまつぼのくに》の王族の娘がなるものと決まっている。候補は、二人。

大王《おおきみ》の三番目の娘の、真珠《まだま》。

大王の弟の二番目の娘の、未央《みお》。

「ねぇ、ヨハタ。真珠様と、未央様、どちらが斎宮様になられると思う?」

「どっちだっていい。年に一度か二度お見かけするだけだもの」

薬湯を飲み終えると、雛子たちは着替えをして細長い繭舎を出る。

放射状に配された繭舎は、全部で十五ある。生まれ年ごとに住む繭舎は決まっていて、他の繭舎とは交流がない。

繭舎から出て、薬草畑に向かう渡り廊下を、イトナとヨハタは並んで歩く。

「でも、なにか変わるかもしれない」

「変わるわけない。私たちは、薬草を育てるだけだもの」

——八穂島《はちほのしま》、というのが、この大地の名だ。

千年の昔、天の蓬萊山《ほうらいさん》より降臨した神々の末裔《まつえい》が治めている。

神々を率いた天照日尊《あまのてるひのみこと》は島の平定に力を尽くした五柱《いっはしら》の神々へ、その手に持つ八つの稲穂のうちの一つを分け、授けた。

天照日尊は、島の中央に七穂国《ななほのくに》を建てた。一穂を賜《たまわ》った五柱は、一穂五臣《いちほごしん》と呼ばれ、それぞれ天照日尊から授かった五つの地方を治めている。このうちの一つが、天壺国のある東星方《とうせいほう》だ。

蛮族の卑劣な罠で、矢を身に受けた天照日尊を、秘薬をもって救ったのが雨芽薬主《あまめのくすぬし》であった。一を癒し、一を殺す。神威《しんい》示す秘薬の名は天《あま》の雫《しずく》という。これが天照日尊の命を救い、蛮族の王を殺した。天壺国は、この雨芽薬主を祖とした国だ。蓬萊山の医術の秘儀を伝え、薬草を育て、秘薬を守るのが、鳳山だ。

鳳山の蓬萊園《ほうらいえん》で薬草を育てるのが、雛子の務め。人生のすべてである。

（なにか……ちょっとは変わるかもしれないのに）

朝露に濡れた薬草の香りが、渡り廊下に流れていた。ぱぁっと雀が、廊下の手すりから飛び立ち、灌木《かんぼく》の中に隠れた。

空を見ると、大きな猛禽《もうきん》が円を描いて飛んでいる。あの猛禽の目ならば、この山の全容が見えるだろう。

鳳の木、という木がある。蓬萊山から渡ってきた、他の地域では根づかぬ木の森があることから、この山は古くから鳳山、と呼ばれてきた。蓬萊園は、鳳山の頂上にある。少し下がったところに、斎宮や薬師《くすし》の住まう鳳翼院《ほうよくいん》があるはずだ。

蓬萊園の外側には柵が巡らされ、繭舎や、薬草畑の区切りにも柵が立てられていた。外の世界を、イトナは知らない。ここで生まれ、いずれ死ぬ。

「そう……なのかな」

「──あぁ、そういえば、今日は満月だ」

満月の夜、十五齢を迎えた雛子は、合繭《あいまゆ》と呼ばれる大きな繭床に番《つがい》と共に入る。番と手を繋いで夜を明かすと、新たな命を授かる──そうだ。イトナも、詳しくは知らない。新たな命は、親の命と引き換えだ。合繭に入った雛子は、そこで命を終える。焼かれて灰になり、園の外にある墓に葬られるという。

満月は、命の終わりであり、はじまりだ。

「うん、そうね。満月」

廊下を歩くヨハタの足が、ふいに止まった。

「ねぇ、イトナ」

「なに？」

イトナも足を止めて、首を傾げる。

ヨハタは毎朝そうするように、イトナの髪を撫でた。

くすぐったくて、イトナは、ふふ、と笑う。するとヨハタは目を細めた。

「……うぅん。なんでもない。──今日はいい日だね」

イトナにとっては、あまりいい日ではない。──ヨハタがムミツを起こしたから。

ムミツがヨハタに微笑むのを見てしまったから。今も、ムミツはイトナをにらんでいる。

（日の良し悪しが、ヨハタ次第なんて。……つまらない人生）

ヨハタが手を差し出し、イトナは少しためらってからそれを握った。

ほんのりと温かい。肌が触れて熱が生まれるのは、ヨハタが相手の時だけだ。

「うん。そうね」

あまりよい日ではなかったが、ヨハタがそう言うのなら、そんな気もしてくる。

柵で区切られた空が、イトナの空だ。柵で区切られた薬草畑が、イトナの大地だ。

ただ、海は知らない。この柵の向こうをのぞけば、海も見えるのだろうか。

そんなことを考えながら、廊下から階《きざはし》を下り、板の敷かれた薬草畑の畦道《あぜみち》を歩く。

この五つの畝《うね》が、イトナの担当である。

「邪魔、どいて」

突然ムミツが、イトナをどん、と後ろから突き飛ばした。

ムミツは大きくないが、力が強い。イトナは、こてん、と転んでしまった。

転んだ拍子に、烏葉の蔦《つた》の刺が、頬に傷を作る。

珍しくはない。ムミツはしばしば、ヨハタや園司の目を盗んでは、イトナを攻撃してくる。

（こんなに根性の悪い子なのに。なんでヨハタはムミツを可愛がるの？）

だいたい、自分が担当する畝の前にいて、邪魔だ、と言われるのも理不尽だ。

腹立ちを押し殺して立ち上がり、烏葉のつややかな葉に触れる。

一株ごとに、葉に触れ、茎に触れ、状態をたしかめていく。水の量や、施肥、摘《てき》芯《しん》。収穫をして薬工《やっこう》に渡すまでが、雛子の仕事だ。

園司が、いつものように素焼きの壺を運んできた。白肥《はくひ》、という肥料が入っている。蓬萊山から渡ってきた薬草は、蓬萊園以外では育たない。鍵は白肥が握っているそうだ。

ムミツが「桜良、ここに一匙」と声をかけ、桜良は壺から柄杓《ひしゃく》で白肥をすくい、運んでいく。

(白肥を足すのは、今日にしようか、明日にしようか……)

イトナはもう、目の前で揺れる烏葉の様子に集中している。薬草の声を聞くのが、雛子の仕事だ。

「――斎宮様だ」

誰かの声がしたあと、サラサラと衣擦れの音が聞こえた。

鳳翼院から蓬萊園に続く、階段状の渡り廊下は、鹿青の畑に面しており、そこを通る人の姿はよく見える。

白い着物の、半ば白い髪を耳の下で切り揃えた斎宮が、廊下を歩いてくる。

斎宮は、天壺国の大王の姉だ。在位は三十年に近いという。白い絹の着物に、羽織を重ねていて、首から下げた珊瑚《さんご》の首飾りや、金糸の帯は、斎宮の地位の高さを想像させた。

斎宮は、胸に雛子を抱いている。

身体の小さな雛子が、人に抱えられる場面は多い。珍しい光景ではなかった。

それでも、イトナの目は、その雛子の姿に釘づけになっていた。

（ヒフタニ様、去年は杖をついて歩いていたのに。……もう歩けなくなったのかな）

そのヒフタニという名の雛子は、雛子であって、雛子ではない。特別な存在だ。

十五齢になって合繭に入る雛子とは、違う道を選んだ個体である。

匙子《さじこ》、と呼ばれている。

人の薬師を助ける存在で、人に見えぬものを見、人に聞こえぬものを聞く――らしい。天照日尊を助けた雨芽薬主は、いつも傍らに匙子を従えていたそうだ。

特殊な薬湯を飲み、雛子よりも五年長く生き――老いる。

雛子は老いる前に死ぬ。園司も老いの入口で園を出る。だから老いというものが、イトナの目には珍しく見えていた。鮮やかだったはずの紅の髪は、淡い朱鷺《とき》色に変じている。顔にはシワが刻まれ、瞼は重く垂れていた。

匙子が特別なのは、生きている間だけでなく、死後も続く。

匙子の骸《むくろ》からは、鳳の木が生えると言われている。鳳山を囲む鳳の木は、すべて匙子の骸なのだという。薬師一人に、匙子一人。老いた匙子を支え、埋葬するまでが薬師の務めだ。鳳翼院に薬師は十名ほどしかおらず、そのため匙子の数は、そう多くはない。

匙子に選ばれるのを誉《ほま》れと思う雛子もいるが、稀だ。命を繋ぐ尊さこそ至上と考える者が大多数である。少なくとも、ヨハタはそうだ。

「イトナ。どうしたの？」

ヨハタに声をかけられ、ハッと物思いから覚めた。

「なんでもない。平気」

イトナは、葉の確認を再開させた。しかし、すぐに目は渡り廊下に戻っていく。

斎宮の後ろに、十五齢の雛子ほどの身体の人が二人並んで歩いている。

小さいが、人だ。髪も黒く、瞳も黒い。人の幼子だ。イトナは、人の幼子を見るのははじめてだった。

（きっと、斎宮候補の姫君だ。……可愛らしい）

男女の区別のない雛子だが、姿は、人の、女の、幼子に一番似ている、と園司がいつぞや言っていた。はじめて見る人の女児を見て、イトナはその言葉を理解した。たしかに、近しさを感じる。

二人は、揃って同じくらいの背丈で、顔立ちも似通っていた。

首飾りは、紫玉《しぎょく》と、紅珊瑚《べにさんご》。二羽の雀の子が並ぶのを、眺めるような気分でいたが――

「私の前を歩くつもり!?　謀反人《むほんにん》の子の癖に！」

一人が、そう言うと、もう一人を思い切り突きとばした。

きっと、突き飛ばした紫玉の方が真珠で、突き飛ばされた紅珊瑚の方が未央だ。

未央の父親は、黒鉄大王《くろがねのおおきみ》の弟の白銀王《しろがねのきみ》である。

謀反を画策したとして、白銀王が処刑されたのは三年前の牛柿《うしがき》の年である。物知りな石根が、園を去る前に教えてくれたので、よく覚えている。

（いじわるな子。ムミツみたい）

未央が転んでしまっても、斎宮は見て見ぬふりだ。真珠は未央を置いて先に進んでいく。

手にできた擦傷《すりきず》を、未央はサッと袖で隠す。

見ていられなくて、イトナは手近にあった水迦《すいか》の花を摘み、渡り廊下に向かう。

「未央様。――どうぞ」

廊下の下から声をかけると、きらめく夜空のような瞳がこちらを見る。

墨のにおいがした。きっと勤勉な人なのだろう。

「まぁ……これ、水迦？」

「傷に効く。使って」

イトナは、手を精一杯伸ばして花を渡す。

「ありがとう。……貴方、名前は？」

「イトナ」

「あぁ、貴方がイトナ。鹿青の生まれね？」

未央は、イトナを知っているらしい。名を呼ばれた途端、どきりと胸が高鳴った。

「……私を、知っているの？」

未央の擦傷のある手が、水迦の花芯《かしん》を摘まむ。

指にとった蜜を、未央は自分の手ではなく、イトナの頰に塗った。

「匙子の適性のある子の名は、聞いているから」

イトナの頰が、ぱっと赤くなる。

適性があるということは、能力が優れているということに他ならない。

もっと話がしたくて「あの――」と会話を続けようとした時、

「未央！　早く来なさいよ！」

真珠が、いら立った声で未央を呼ぶ。

未央は「水迦をありがとう」と礼を言うと、慌ただしく廊下を歩いていった。軽やかな衣擦れの音が遠ざかる。

イトナは、雲の上を歩くような心持ちで、畝に戻った。

「ヨハタ。私、匙子に向いているって、未央様に言われたの」

近くにいたヨハタにそう言うと、

「そう。でも、あまり向いてないと思う」

と言ったきり、ヨハタはそっぽを向いてしまった。

夕の薬湯の時間に、桜良が未央からの文を届けてくれた。簡単な礼が書いてあるだけだったが、イトナは嬉しくてならず、すぐに返事をしたためた。

憂鬱なはじまりだったのが嘘のように、その日は、特別な一日になった。


未央の匙子にならなら、なってもいい。きっと楽しい。

文のやり取りを幾度か経て、イトナはそう思うようになった。ただ、ヨハタには言っていない。反対されるに決まっている。

(十四齢になる前に、未央様が、私を選んでくれたらいいのに)

匙子とは、十三齢から十四齢の間に身体を変えた雛子のことだ。身体は、薬師が淹れる専用の薬湯で変える。その機は十三齢より早くてはならず、十四齢を越えると間にあわない。

その限られた一年の間に未央が薬師になれば、自分が選ばれる道もある。

次代の斎宮候補は決まっていない。薬師となるための修行は、最短でも六年。人によっては十年以上かかるそうだ。

(あと七年……。可能性はあるはず)

ただ、問題は多い。そもそも未央が斎宮となるかどうかさえ不明だった。

斎宮になるには薬師にならねばならず、薬師になるには入道《にゅうどう》せねばならない。入道とは、髪を落とし、子を持たず、生涯を薬道に捧げることだ。

鳳山の内門より上にある鳳翼院の薬師も、蓬莱園の園司も、雑司たちも、全員が入道している。入道さえすれば、生涯の道は決まる。

(早く、未央様が入道なさらないかな)

未央が斎宮になり、自分がその匙子になる。そんな未来を、イトナは夢見るようになっていた。文が届く度、思いは募る。いつの間にか、ヨハタが誰を見ているかは、日の良し悪しに影響しなくなっていた。

しかし、運命は二転三転する。

二人の斎宮候補の内、真珠が半年も経たずに鳳山から逃げ出した。

未央は入道しないまま修行に入ったが、牛青の年が牛紫《うしむらさき》に改まった直後、鳳山を去っている。

天壺国の王宮・甘露宮《あまつゆのみや》に逃げ戻った真珠が「小国の王子と結婚するくらいなら、山暮らしを我慢する方がいいわ」と言って、鳳山に戻ってきたからだ。小国、というのは、一穂五臣の国以外の国を指す。真珠に持ち上がった縁談は、周辺の小国から人質に出されていた王子とのものであったらしい。真珠が捨てた縁談は、未央が引き継ぐことになったそうだ。

イトナは、薬湯をいつもの半分ほどしか飲めぬほど落ち込んだ。

さて、その真珠だが、山に戻ったからといって性根が正されたわけではない。

修行ははじまったものの、入道は先延ばしにしたまま。のらりくらりと講義からも逃げるばかりで、一向に身が入らない。呆れたことに、真珠は出された課題を甘露宮に送って、未央に解かせていたらしい。

薬道は、人に生涯を捧げさせる技術だ。怠惰も、嘘も、誤魔化しも嫌う。鳳山における真珠の評判は、惨憺《さんたん》たるものであった。未央に山へと戻ってもらいたい、との声は時折聞こえ、イトナもそれを望んでいた。

ついに四年半後。願いは叶った。業を煮やした斎宮の猛攻を嫌った真珠が「これなら、結婚した方がましだわ」と言って、鳳山を去ったのだ。

代わりに、未央が鳳山へ戻ることになった――とイトナは未央からの文で知った。

二人の文のやり取りは、長く続いていた。繭床に入るところだったイトナは、その文を読んで喜んだ。園司たちは真珠の怠惰に飽いており、夜だというのに一緒になって未央帰還の報を喜んでいた。

(未央様の匙子に、なれるかもしれない！)

イトナが匙子になる機は、あと二年ではじまる。修行を再開させた未央から、匙子に選ばれる日が来るのではないか――という期待は、しかしあっさり砕かれた。

未央は異例の速さで薬師となり、鳳山に入ったその日に、イトナではない匙子を迎えたのだ。選ばれたのは、未央と同じ鹿柿《しかがき》生まれのトハタミであった。未央は、病がちになった斎宮からの要望で、甘露宮でも密かに修行を続けていたという。

トハタミの寿命が尽きるのは、五年後。

イトナは、今十一齢。トハタミが死ぬ頃にはもう灰になっている。

(私が、未央様の匙子になることはないんだ)

落胆のあまり、イトナは二日ほど寝込んだ。ただただ、悲しかったのだ。胸が張り裂けるほどに。

未央から文が届いていたが、イトナはそれを開かなかった。

斎宮が、未央の帰還の直後に亡くなり、未央は新たな斎宮となった。

だが、未央の髪は長いままなのだという。いつまた真珠が、気まぐれを起こすかわからないので、入道は大王の意思で止められているそうだ。

「イトナと合繭に入りたい」

ヨハタがイトナにそう言ったのは、ヨハタが十四齢になる前日の夜だった。

繭床に入る直前に「寝ないで起きていて」とこっそり頼まれ、皆が寝しずまった頃に外へ出た。そうして、二人で繭床の間に、円座を並べて座った。

簾《すだれ》のかかった窓の外から涼しい夜風が吹いてくる。

未央の匙子になる未来は消えていたが、イトナは返事ができなかった。

「少し、考えさせて」

ヨハタが重ねてきた手が、熱い。

手を思わず引っ込め、その勢いで自分の繭床に入った。

番になろう、とヨハタは言った。あとは、応えるだけでいい。

だが——なにかがイトナを引きとめた。

なにか、というのが、運命とでも呼ぶべきものだったと思うのは、翌日のことである。——未央の匙子のトハタミが、急死したのだ。

イトナは夕になって、鳳翼院に呼ばれた。

「行かないで、イトナ。トハタミみたいに、殺されてしまう」

引きとめたヨハタの蒼い目に、涙が浮かんでいる。

これほど美しいものはない、と思っていた。その蒼が自分を見つめるのが好きだった。優しい声も、髪に触れる手も。

しかし、今のイトナにとって、至上ではなかった。

イトナは「ごめんなさい」とヨハタに謝ってから、繭舎を出た。

ムミツが「泣かないで、ヨハタ」とヨハタを慰める声が聞こえていたが、振り向きはしなかった。

「イトナ様、これは大変名誉なことでございますよ！」

鳳翼院へと続く渡り廊下を歩きながら、イトナを抱える桜良は、興奮を隠せぬ様子だ。

園の外に出るのは、はじめてだ。イトナの心もかつてなく高揚している。

（夢みたい……信じられない！）

自分の人生に、こんな瞬間が訪れるとは思っていなかった。ヨハタに触れた時よりも、ずっと身体が熱い。

渡り廊下の突き当たりの扉が、ゆっくりと開く。

一歩、鳳翼院に足を踏み入れる。人生が変わる瞬間だ、とイトナは思った。

鳳翼院は一つの建物ではなく、いくつかの建物が渡り廊下で繋がっている。建物や廊下に囲まれた空間は庭になっており、淑《しと》やかな虫の声がしていた。

目の前を、のっそりと猫が横切る。

鳳翼院には貴重な蔵書が多く、鼠よけの猫が飼われていると聞いたことがある。実物を見るのははじめてだった。毒草の多い蓬萊園には、猫の侵入を禁ずる掟があるからだ。

「——斎宮様。イトナ様をお連れしました」

辺りで一番大きな部屋が、未央の書斎であるらしい。

「どうぞ、入って。——イトナ、いらっしゃい」

桜良がイトナを下ろし、簾を上げる。

イトナは、未央の書斎に一歩足を踏み入れた。

薬のにおいと、墨のにおい。文机《ふづくえ》の周りには竹簡《ちくかん》が積まれ、周囲の書棚にも、びっちりと竹簡が並んでいた。囲炉裏の周りには、薬棚がいくつもある。

未央は、檀《だん》に向かって手をあわせていた。

檀の上には、青い壺が置かれている。

（きっと、あれが天の雫だ）

壺には水の文様が彫られていて、イトナの頭ほどの大きさがある。

雨芽薬主が、天照日尊を救い、蛮族の王を殺した神話の秘薬を入れるに相応しい、威厳を感じる美しさだ。

鼓動が高鳴る。新たな人生のはじまりに、すべてのものが輝いて見えた。

「未央様――」

挨拶をしようと思ったが、その一言が出なかった。

こちらを見た未央の顔色は悪く、目は腫れている。イトナの高揚は、泡沫《うたかた》のように消え去っていた。

（悲しんでおられるんだ。……トハタミが死んだから）

その瞬間まで、イトナはあまり死自体を悲しいと思ったことがなかった。日々の営みの延長にそれがあり、感情を乗せるようなものではなかったのだ。

未央の顔を見て、イトナの心にもトハタミを悼《いた》む気持ちが湧いてきた。どう表わしていいかわからず、ひとまず未央の横に並んで、櫝に手をあわせる。

「天の雫を作りたいの」

イトナは手を下ろし、首を傾げて未央を見上げる。

一つ、噓をつかぬこと。

二つ、人を守ること。

薬師と縁を結ぶにあたって、この二つを誓う流れになるものと思っていた。

だが、未央が言ったのはそれと違うだけでなく、意味もわからないものだった。

「天の雫は……鳳山にあるのでしょう?」

イトナは、檀にある青い壺を見た。

天の雫は、神威示す秘薬の名だ。一を癒し、一を殺す。鳳山で千年にわたって守られてきた――はずだ。

「八百年前の火災で薬箋《やくせん》が失われて、今は伝わっていないの。天壺国の大王が、即位の度に献上してきたのは、本物じゃない」

とんでもない秘密を知らされ、心の臓が、口から飛び出そうに跳ねている。

人の世には、人の世の則《のり》がある。それはきっと、雛子には理解の及ばぬものなのだろう。

新たな世界の底知れなさに、イトナは不安を覚えた。

「……偽物でもいいことになってるのに、本物が要るの?」

「二十五年前、前《さき》の帝の時代に天壺国の黒鉄大王が即位された時は、それで通った。けれど、二十二年前に七穂帝になられた輝夜帝《かがよのみかど》は――お許しにならなかったの。本物を出せ、と仰せよ」

イトナにとって、蓬莱園の外の出来事はすべて遠い。

東星方自体も遠ければ、天壺国の甘露宮も遠い。まして八穂島の中央にある七穂国の帝の話など、天ほどにも遠く思われた。

ただ、それが重要な問題であることは、漠然とながら伝わってくる。

「七穂帝がお認めにならなかったら、天壺国はどうなるの？」

「一穂五臣の称号を失ってしまう。そうしたら、天照日尊が定めたもうた国境《くにざかい》が効を失くす。すぐにも小国に攻められ、衰え、いずれ滅びてしまうでしょう」

「……困る」

「西華方《せいかほう》では二十年前――東星方より十年早く同じようなことが起きて、民が大勢死んでしまったの。東星方では繰り返したくない。西華方での一穂五臣の証は、叢《むら》雲璧《くものへき》、という璧だったの。一つの璧を巡って、多くの血が流れたそうよ。今も混乱は続いている」

　西で起きたことが東で繰り返されれば、天の雫を巡って争いが起きる。

天壺国が一穂五臣の地位を保てば、戦を避け得る――ということらしい。

「わかった。次の大王が立つまでに、天の雫を作りたいのね」

イトナに「えぇ、そうよ」と返事をしながら、未央は囲炉裏の側の円座を勧めた。

そこにちょこんと腰を下ろせば、未央がイトナの前に膝をつく。

「黒鉄大王は、御年四十六。この数年、何度も杓子桂湯《しゃくしけいとう》を送っているわ」

　イトナは、大王の病状を察した。杓子桂湯は、胸の痛みを和らげる、心の臓の病に効く薬湯だ。それを数年服用しているならば、いつ命が尽きてもおかしくない。

「急がなくちゃ……いけないね」

囲炉裏にかけられた鍋の中で、くつくつと薬湯が沸いている。

きっとこれが、匙子になるための薬湯なのだろう。今まで飲んできた、どの薬湯とも違うにおいがしていた。

「八百年かけて、代々の斎宮は薬箋の復活を望んできた。秘薬の頂点にある天の雫は、一を癒し、一を殺す――薬が極まって毒となり、毒が極まって薬となる、特別なものよ」

「……難しい?」

「難しいわ。失われた百の薬箋を、現存の資料で補いながら復活させねばならないの。一つの薬箋で、五つの丸薬を作ることになる。最初の一つに百年かかった。次の二百年で、やっと五つ。八百年かけて、百のうち、九十九までの製法が明らかになっているわ。今は一枚の薬箋を完成させるのに一年から二年で済む。残るは一つだけ。――あと少しよ」

気の遠くなるような話だ。代々の斎宮は、八百年もかけて秘薬の復活を目指してきたらしい。まるで、今日のこの危機を見越したかのように。

「私は、なにをしたらいいの?」

「常の匙子よりも、感覚を鋭くしてもらう必要がある。特別な薬湯を飲むことになるわ。身体を変えている間に、これまでの九十九の薬箋を理解できるようになってもらいたい。内容が理解できるよう、三百の生薬の嗅ぎ分けも必要になる。――まずはこの書斎にある竹簡の、五倍ほどの資料を読んでほしいの」

イトナは驚き、辺りを見回した。見える場所にある竹簡だけでも、ゆうに百を超える数だ。

高揚の波が、イトナの身体を熱くした。

「わかった。する」

返事があまりにあっさりしていたからか、未央は眉を八の字にする。

「もっと考えてからでもいいのよ？　匙子の二年は重いわ」

「いいの。だって、私たちにしかできないことを、これから二人でするんでしょう？」

イトナは笑顔で「やってみたい」と言った。二人で国を救うのだ。こんな高揚は、蓬萊園の中にいては絶対に味わえない。

「……ありがとう、イトナ。今日の決断を、決して悔やませないと誓うわ」

未央は、薬湯を椀に注いだ。深い緑の、今まで見たことのない色の薬湯である。

イトナは、躊躇うことなくそれを飲んだ。

これから死ぬまで、退屈する暇はなさそうだ。きっと楽しい。輝く未来は、イトナの前に開かれたのだ。

こうしてイトナは夢を叶え、未央の匙子になった。

しかし――運命は、ここでまた大きな波を連れてきた。

イトナが匙子の道を選んでから、わずか十日後のことである。

その日イトナは、繭床で寝込んでいた。身体が薬湯に慣れていない。こうした不調はしばらく続くらしい。

未央にはまったく懐かぬという猫が、一緒に繭床に入ってきて丸くなっている。名はチャブチ。名のとおり茶毛の斑模様の猫だ。猫は、烏葉のにおいを好むため、匙子にはよく懐くという。逆に薬のにおいのする薬師には近づかぬものらしい。

チャブチを撫でつつ竹簡を読んでいると、雑司が未央を呼びに来た。

「斎宮様。岩簾洞《いわすだれのほこら》に、大臣《おおおみ》様がたがお越しです」

岩簾洞は、内門の横にある洞で、外部の者との面会に使われる。内門より上は、入道した者しか入ることを許されない。面会は、岩簾ごしとの決まりがあり、背けば罰則は厳しい。特に男性の場合は、遠流《おんる》と国の法で定められていた。

知らせを聞き、未央は深いため息をついた。

「イトナ。繭床ごと運ぶから、一緒に来てもらえる？　体調に変化があるといけないから」

チャブチが追い出された繭床ごと、イトナは岩簾まで運ばれた。鳳翼院の外に出るのははじめてだ。

蓋を開け、ちらりと外を見る。山の麓《ふもと》は一面の森だ。あの木々が、鳳の木なのだろう。海は見えなかった。周囲の山の稜線がよく見えるので、鳳山は高い山であるらしい。

一度閉めた蓋を、移動が終わるのを見計らってまた上げる。

簾のような岩の格子の向こうに、男が、三人。

人の男を見るのもはじめてだ。一人の頭は真っ白で、一人は半分が白く、一人は白髪がない。身体は、女のそれより大きいようだ。

(男は、女とずいぶん姿が違う)

顔も、身体も、骨がゴツゴツとしている。

男たちは、黒や藍色の着物を着、髪はきっちりと結って布で包まれていた。

「恐れながら申し上げます。真珠様が、婚儀を前に出奔《しゅっぽん》なさいまして……行方が知れませぬ。実は、日向国《ひむかいのくに》の安曇《あずみ》様を婿としてお迎えするはずが、急遽、真珠様が嫁入りする形に変更となり……それと知ってのご抗議かと推測されます」

「未央様、どうぞ甘露宮にお戻りください。婚儀は十日後に迫っております！」

「天壺国、日向国、両国のため、婚儀を反故《ほご》にするわけには参りません！」

太く低い声が、それぞれに「婚儀が」「国が」「王が」と狼狽《ろうばい》に任せて口にした。

大臣たちは、山を捨てろと未央に言っているのだ。山を捨て、他国の王子に嫁げと。

勝手だ。しかし、こんな時に備えて未央の髪は長いままになっている。

(未央様……行ってしまうの？)

イトナは繭床の縁を、指が白くなるほど握りしめた。

真珠の勝手な行動によって、未央の運命はまた変わろうとしていた。

（——私は、もう戻れないのに——）

イトナはもう、匙子として薬湯を飲んでしまった。

身体は変化をはじめており、後戻りはできない。

（天の雫はどうなるの？　国を救うんじゃなかったの？　二人にしかできないことを、するんじゃなかったの？）

未央のいない鳳山で、これから死ぬまでの時間を耐えろと言うのだろうか。

なんという孤独だろう。涙が滲んで、人の姿がぼやける。

ただ、その時——ぼやけたままでも、黒いものが未央の頭からするりと落ちたのはわかった。

（え——？）

未央は、自らの髪を切り落としていた。

イトナは、目をこすって確認したが、見間違いではない。

呆気にとられた大臣たちは、口を開けていた。

「私は、鳳山の斎宮です」

髪を落とすのは、子をなさず、生涯を薬道に捧げる選択の証である。

イトナが薬湯を飲んだように、未央も、選んだ。

ぽかんと口を開け——そうして、イトナは笑った。
今日はいい日だ。そして、きっと死ぬまでいい日だ。
自分の選択は正しかったのだ、とイトナは心から思った。

第一幕

里の奇病

ガタ、ガタ、ガタガタ、と車輪が鳴いていた。

絶え間なく身体が揺れ続ける不快さを、この時のイトナは忘れている。

馬車の窓の外には、世界があった。

道があり、川があり、橋がある。

家があり、村があり、田畑がある。

見るものが、すべてキラキラと輝いて見えた。

「未央様、海は遠い？」

イトナは未央の膝の上で、窓の外を夢中で眺めていた。

四人乗りの馬車の席の向かい側には、イトナの専属になった桜良が座っている。

「この馬車で、三日くらいの距離よ」

「私、いつか海が見てみたい。前に園司だった石根に聞いたの。私の瞳の色と、同じ色をしているんだって」

頭の上で未央が「そう」と言った。

「私も——海を見てみたいわ」

その一言が嬉しくて、イトナは窓の外から、未央の顔に視線を移した。

「波が、白い浜に寄せるの。ざざぁ、って」

ざざぁ、ざざぁ、といつぞや石根から聞いた波の音を、イトナは真似た。その拍が、車輪の拍と重なる。

「きっと綺麗でしょうね」

未央が目を細めて、笑む。

イトナは「うん。きっと」と答えたあとは、また窓の外の世界に没頭した。水田にいる牛は、鳳翼院にある竹筒を見て想像していたより、ずっと大きい。

——夜明けに鳳山の外門をくぐってから半日。馬車は、西に進んでいる。

雛子は、その一生を蓬萊園で終えるものだ。

匙子になると、住まいは鳳翼院に移る。薬師と共に、内門を出て施薬院《せやくいん》に下りることもあるが、あくまで山内での移動だ。

鳳山の外門を匙子が出るのは、異例中の異例。あるいはこの千年ではじめてかもしれない——と未央は言っていた。

(夢を見ているみたい)

窓の外を流れる世界を見つめながら、イトナの胸は誇らしさでいっぱいだ。

事の発端は、冬の終わり頃に聞こえてきた噂である。

——澄泉《すみずみ》の里で、奇病が出た。

はじめてその噂を耳にした日、イトナは施薬院にいた。

身体の変化が落ち着いた秋頃から、イトナは未央と共に、度々施薬院へと下りている。

匙子の優れた感覚は、人に見えぬものを見、人に聞こえぬものを聞く。身体の内に潜んだ病も見抜けることから、薬師の助けをするものだ。

施薬院には、老若男女、身分の貴賤《きせん》を問わず、毎日人が訪れる。近隣の者ばかりでなく東星方中から、患者は集まってきた。

その噂を耳にした三日後の夕、薬師の助手の葵衣《あおい》が、未央に報告をした。

「澄泉の里で、身体に赤斑《あかまだら》が出、十日余りで死亡する奇病が流行っているとか」

夕になると、鳳翼院の十人の薬師たちは、未央の書斎に集まってくる。夕議、という薬師たちが呼ぶ、その席でのことである。十人の薬師と、助手の筆頭が一人付き添う。ので、二十人が毎日集まって、報告が行われている。

薬師や助手の多くは、天壺国内の豪族の出身だ。葵衣は珍しく庶民出身の園司上がりで、まだ若いが、薬師・蓬生《よもぎ》の助手の筆頭を任されていた。

大抵イトナは、夕議の間は、衝立《ついたて》の向こうで話を聞いていた。

聞いていい会話と、聞いてはいけない会話がある。

早緑《さみどり》の使者、と呼ばれる人がいる。その使者が来た日の夕議だけは、桜良と一緒に書斎を出された。鳳翼院の端の庭まで連れていかれるので、池の鮒《ふな》を眺めて待つか、蓬生の書斎にいるミツヤと雑談するかして、時間を潰すようにしていた。

今日はただの夕議のようだ。文机に獣皮《じゅうひ》の地図を置き、澄泉の里を探す。

地図によれば、澄泉の里は、鳳山の西の山中にある里だ。そう遠くはない。

「よく似た奇病の噂は、浪崗《なみおか》の方でもございました。症状も酷似しております」

その声は、薬師の蓬生だ。四十ほどの年齢で、髪は半ば白い。イトナは蓬莱園で蓬生の薬学の講義を何度も受けていた。

イトナは、浪崗の場所を地図で探す。鳳山の北東に、その名を見つけた。

「浪崗と……澄泉で……」

未央は黙り込んだあと、突然「私がこの目でたしかめてくる」と言い出した。

一同が、ひどく驚いていたのは、衝立ごしにも伝わった。

反対意見は、当然出た。特にイトナを連れていきたい、と言った途端、薬師たちはこぞって反対した。未央は一つ一つ、反対意見に対策を出して封じていく。最大の問題である、イトナの移動に関しては、薬湯用の水を鳳山から運び、烏葉の小木は鉢に入れて馬車に積むことになった。

あとは、イトナの心一つだ。

「来てくれる？　イトナ。貴方なら奇病の謎が解けるはず」

未央と二人で、今まで誰もしなかったことをするのは、胸が躍る。

「うん、行く」

イトナは、ごく軽く返事をした。人を救うのが、匙子の役目だ。まして誇らしい未知への旅である。命がけだろうと断る理由はない。

「イトナ様、そろそろ鋸引山《のこびきやま》が見えて参りますよ。あぁ、ほら、あの――」

桜良が、窓の向こうを指さす。彼女の出身は澄泉に近い村で、鳳山に入る以前の記憶をたどって、様々な話を道すがら教えてくれた。

「鋸引山……！　本当にあった！」

山の稜線が、名のとおり鋸に似ている。

地図では毎日見ていたが、実物を目にすると感慨も一入《ひとしお》である。

「雨芽薬主が、天照日尊をお助けになった場所でございますよ」

「知ってる。蛮族の——蘇真人《そまびと》の王が、待ち伏せをしていたところ！」

天壺国の、建国神話にある。

千尋に天《あま》つ蓬莱山より、天照日尊が降り立った。八穂島の人々は、天照日尊とその眷属《けんぞく》を尊び、矛を横たえた。唯一抗った蛮族の拠点が、あの鋸引山であったのだ。

蘇真人の王は天照日尊を罠にはめ、雉羽《きじはね》の矢を打ち込む。倒れた天照日尊を助けたのが、匙子を伴った雨芽薬主だ。

一を癒し、一を殺す。

神威示す天の雫を用いて天照日尊を癒し、蘇真人の王をその毒矢をもって殺した。

この大いなる功をもって、雨芽薬主は一穂五臣に名を連ね、東星方に天壺国を得たのである。

「鋸引山に、斎宮様と、匙子様。まるきり神話のようでございますね」

桜良は、楽しそうに笑っていた。

天壺国の王女である未央は、雨芽薬主の末裔。

鳳山で生まれたイトナは、薬主を助けた匙子の末裔。

たしかに、神話そのままだ。施薬院では、イトナを拝む者もいるし、未央に触れられただけで、痛みを忘れる者もいるくらいである。

「あれはなに？　池みたいに水が……すごく大きい」

「川でございますよ。矢傷から回復なさった天照日尊が禊《みそぎ》をなさった祁背川《きせがわ》です」

イトナは、鋸引山の裾を流れる大きな川の輝きに魅せられた。

桜良は道々、この辺りの土地は豊かだが水害が多く、川の治水工事が何百年も続いていると教えてくれた。祁背川の堤《つつみ》は難工事で、毎月のように人が死ぬそうだ。

話を聞いていられたのもそこまでで、山道に入ると会話はままならなくなった。

遠慮のない揺れの果て、日の傾きかけた頃に、やっと馬車が止まった。

桜良に抱えられ、馬車を降りる。目の前には、荒々しい岩の壁が聳《そび》えていた。

ずいぶんと山道を上がったように思っていたが、山の頂はもっと高い場所にあるらしい。

(岩に、しがみついてるみたい)

澄泉の里に関する、イトナの最初の感想はそれだった。

岩棚の上の家屋の並びは、雀が身を寄せあうのにも似ている。

階段上になった岩棚の、わずかな空間に小さな畑があり、田らしきものもあった。

その視界は、観察の途中で半ば遮られる。桜良が、イトナに絹を被せたからだ。

多くの人の目を驚かしかねない姿だという自覚はある。人の腰ほどの背丈や、紅い髪。人よりも大きな目と、その鮮やかな色彩。小ぶりな鼻と、小さな口。どれも、人の姿とは明らかに隔たっている。

「斎宮様。雛子様。遥々と鳳山からお越しくださり、感謝の言葉もございません。どうぞ、ご祈禱《きとう》をもって、山の神の怒りをお鎮めくださいませ」

出迎えの先頭にいた老人が、膝をついて頭を下げた。

その後ろにいた十人ほども、揃って膝をついて同じ格好になった。着物は継はぎだらけで、帯がわりに麻紐《あさひも》を使っている。暮らしの貧しさがうかがわれた。

（山の神の怒り？　私は、病人を診にきたはずなのに……祈禱をするの？）

祈禱で神の怒りを鎮めるならば、イトナに出番はないはずだ。

不思議には思ったが、後続の馬車からは、蓬生と、助手たちが下りてきた。薬師を連れてきたからには、未央は祈禱で解決するつもりではないのだろう。

「頭を上げてください。病人は、どちらに？」

里長《さとおさ》の横にいた小柄な若者が、一礼して前に進み出る。

「雁尾《かりお》と申します。ここからは、父に代わって私がご案内させていただきます」

先に立って雁尾が歩き出し、この里は大きく二つに分かれている、と説明をはじめた。

山の神が、古樫《こがし》の杖で湧き水の出る泉を与えたことが、里の発祥だという。泉があるのが上泉《かみいずみ》で、今いるのが下泉《しもいずみ》。滝から続く川によって両者は隔てられており、上泉に行くには吊り橋を渡る必要があるそうだ。

「病人が出たのは、あちらの上泉の方で——あ！　少々お待ちを」

雁尾が、顔色を変えて走り出す。

イトナは絹を持ち上げ、雁尾の背を視線だけで追った。

（どうしたんだろう。……人が……たくさん）

吊り橋の前に、十数人の男たちが集まっていた。

手に鋸を持った者もいる。吊り橋を落とそうとする者と、それを止めたい者とで意見が割れているようだ。

「上泉は、山の神に呪われてんだぞ。橋を落とさねぇと、どんどん死人が増えちまう！」

「馬鹿言うんじゃねぇ。上泉に残った連中を見殺しにゃできねぇだろう」

「それで何人死んだと思ってる。死にたくないなら橋を落とせ！」

「斎宮様が呪いからお助けくださる！　おすがりするしかねぇ！」

「いや、斎宮様になにかあったら、お咎《とが》めを受けんのはオレらだぞ。橋を落とせ！」

男たちは揉みあいになっており、里の混乱ぶりが伝わってくる。

未央は、騒ぎの中に臆さず進んでいく。

さすがに斎宮の前で殴りあうわけにもいかなかったのか、男たちはサッと道を開けた。

未央は、懐から布を取り出し、顔を半分覆って、頭の後ろで端を結んだ。後ろにいた薬師と助手たちも続く。イトナを抱いた桜良の面布は、葵衣が結んでやっていた。

「この面布は、呪いを阻む呪《まじない》です。吊り橋を渡る者は、必ず使うように。神の怒りを避けられます。雨芽薬主の裔《すえ》の行く手を、阻んではなりません」

未央の言葉に、鋸を持っていた男たちは気圧され、吊り橋から遠ざかる。

雁尾は、葵衣から受け取った布を顔に巻きながら、頭を下げた。

「申し訳ございません、斎宮様。お見苦しいところを。――さ、参りましょう」

吊り橋に向かいながら、話が再開される。――それは突然であったらしい。

年明け間もない頃、上泉の猟師が倒れ、あっという間にその家族五人が死んでしまった。

山の神の祟りだ、と人は言った。正月に猪を捧げるのを忘れたのだろう、と。

しかし、祟りはさらに続いた。上泉には、十五戸に五十人ほどが住んでいたが、二ヶ月も経つ頃には、健康な住人は一人もいなくなり、ついに全員が死んだという。

「身内の看病のために上泉へ入った下泉の者も、次々と倒れる有様で……」

話しながら、雁尾は吊り橋に足をかける。

ぎしぃ、ぎしぃ、と丸太を踏む度、悲鳴じみた音が立つ。足元に広がる谷は深く、落ちれば、人でも死ぬだろう。怖いもの知らずのイトナでも、さすがに怖い。

イトナは桜良に、しっかりとしがみついた。

向かう先の上泉は、夕闇に沈みつつある。暗く、そして静かだ。

「祈禱も続けておりますが、まったく甲斐がありません」

上泉に、一歩入る。

家屋に灯りはともっていないが、道の真ん中で大きな篝火《かがりび》が焚かれていた。

近づくと、静寂に沈んでいた集落に、突然大きな音が響いた。ガン！　ガン！

ココン！　と獣の骨をぶつける音が鳴ると共に、異様な風体の——木の仮面をかぶり、獣の毛皮をまとった者が、踊り出す。

イトナは、びくっと身体をすくませた。

虚ろな目をした鶏の首が、焚火を囲むように置いてあった。

「桜良。あの鶏の頭は、なに……？」

「祈禱でございますよ、生贄を捧げ、山の神に許しを請うているのです」

桜良はこそりと囁いてから、少し上がっていた絹を下げ、イトナの視界を塞いだ。

鶏の首の後ろにある、もっと大きな獣らしきものも見えなくなった。血に濡れているのか、毛が紅く見える。恐ろしさに、イトナはすっかり肝を冷やした。

「生贄が必要でしたら、ご用意いたします。鶏ならば、すぐ。あるいは捨里《すてざと》の方から——」

雁尾の申し出が終わるのを待たず、未央は「不要です」と短く答えていた。

(怖い……)

鳳山では、祈る時には線香を捧げるものだが、天の神と、山の神では要求するものが違うらしい。イトナは怖気づいて、桜良に一層強くしがみつく。

そのうち、家屋の中に入ったようだ。

祈禱師の放つ異臭や、鳥の首の腐臭とは異なる強いにおいが充満していた。――死者のにおいも。

とりわけ骸のにおいは、イトナを強く緊張させた。

「病人はこの家にすべて集めております」

絹を少し上げると、床に十人、人が寝ているのが見えた。

(私たちに、この人たちを助けられるの……?)

施薬院では常時二十人ほどの病人を抱えているので、見慣れた光景だ。だが、全員が死に瀕してうめく場面には、はじめて遭遇する。

「患者を診たい。灯りを三倍に増やして」

未央の指示で、外にいた護衛の兵士が入ってきた。今回の旅に、鳳山の山兵が二十人ほど同行している。彼らは内門の外を守る者で、すべて男性だ。

山兵が松明《たいまつ》を持ち込み、部屋は明るくなった。

「イトナ。――怖いの？」

未央に聞かれ、イトナは虚勢を張る余裕もなく、うなずいていた。

外の世界に浮かれていた気分は、すっかり萎えている。今すぐ鳳山に帰って、繭床の中で眠りたい。けれど、死の迫る病人を前にして、逃げ帰るわけにはいかなかった。匙子は、人を救うものである。

「怖い。……でも、できる。祈禱は無理だけど」

イトナは、桜良に手ぶりで下に下りる、と示した。

慎重に下りた床は、じめりと湿っていて、冷たい。

「ありがとう、イトナ。祈禱はしなくていいわ。いつもどおりにお願い」

イトナの手を、未央がぎゅっと握る。

その手が、冷たい。未央の、顔には出さぬ緊張が伝わってきた。

(匙子の私が、未央様を助けないと)

未央の手をしっかり握り返してから、パッと手を離す。

振り絞った勇気を頼りに、まずは近い場所で寝ている若い娘の前に立つ。

娘は、ぐったりとして動かない。はだけた胸には、大きな赤い斑がいくつも浮いている。話に聞いていたとおりだ。あばら骨が浮き、皮膚は浅黒く乾いている。腹部の痛みに耐えるためか、身体を小さく丸めていた。下血《げけつ》があるのか、着物は汚れている。

「斑が首まで来ると、翌日には死ぬようです。この娘も——」

雁尾が言おうとするのを「口になさらぬよう」と葵衣が窘《たしな》めた。

弱った病人の前で、死ぬ、は禁句だ。施薬院においては、厳しく禁じられている。

意識がないように見えても、人の耳は死の瞬間まで聞こえるものらしい。心が折れては、どんな妙薬も効きはしない、とイトナは未央に教えられた。

「大丈夫。きっとよくなりますよ」

未央が穏やかな声で、娘に声をかける。娘の閉じた目の端から、涙が落ちた。

イトナは、娘のやせ細った手に触れる。――熱い。

首、脇、鼠径《そけい》部。手首、肘裏、足首、膝裏。慎重に、触れていく。

十人の病人を、たった一人で看病をしていた女がいて、葵衣が話を聞いていた。

症状は、強い腹痛からはじまり、続いて嘔吐、下痢、発熱。翌日から発疹。数日かけて全身に広がる。この間、食事はまったくできず、水もほとんど飲めないらしい。そして衰え、死んでいく。

(手の施しようがない)

絶望に、イトナの手は震えていた。

胃の腑《ふ》や腸《はらわた》が、ほとんど機能していない。これでは、雁尾が言うように、間もなく死んでしまうだろう。呼気には腐臭が交じっていた。

――かすかな刺激を感じる。鼻の奥が、ちりりと痛い。

その刺激を、イトナは知っていた。

（どうして……？）

匙子の感覚は、人より鋭い雛子のそれより、さらに鋭い。天の雫を作るために変化したイトナのそれは、匙子の水準をもしのぐ。

日々、薬草の嗅ぎ分けの訓練をしてきたイトナにとって、刺激の原因自体は、すぐに特定できた。しかし――わからない。

イトナは、内心の狼狽を押し殺し、未央の着物の袖を、三度引いた。

――病人の耳を避け、内密で話したい。

未央との間で、決めた合図だ。

「わかった。――一度、下泉に戻りましょう」

六人いた助手のうち、二人をその場に残して移動することになった。

イトナは、桜良に抱えられて外に出る。焚火の前で祈禱師が踊り続けていたが、もう恐ろしくは感じなかった。

一行は雁尾に案内され、下泉の家の一つに入った。

どんな時でも、人の食事より、雛子の薬湯を優先するのが鳳山の決まりである。

鳳山から竹筒に入れて運んだ水で、未央が薬湯の準備をはじめた。

甘い香りが立つ。今日の薬湯は濃い緑色だ。最近の薬湯は、寝込むほどの変化を起こさないので、飲むのに一々覚悟は要らなかった。

イトナが薬湯を飲む間。蓬生と助手たちは、それぞれ意見を述べる。

「あれほど臓腑が傷んでいては、手の施しようがございません。被害を拡げぬためには、彼らの判断に任せ、吊り橋を落とす他ないかと」

「しかし、臓腑があれほど短期間で傷む病は、寡聞《かぶん》にして知りませぬ。それも、あれだけの数が一斉にとなると……神の怒りと言われれば、そう信じたくもなります」

イトナが薬湯を飲んでいる間に、人の食事が運ばれてきた。鍋に入った、野菜と鶏を煮た汁のようだ。祭壇にあった鶏の首を思い出し、ぶるりと身体が震える。

鍋を運んできた里の老女たちが、木椀に汁をよそう。

椀は質素な膳に載せられ、最初に未央の前へと運ばれてきた。

「あとはこちらでいたします。どうぞお構いなく」

蓬生が声をかけると、老女たちは一礼して下がっていく。

助手たちが手分けして、配膳をはじめた。

部屋から里の人がいなくなったので、イトナは被っていた絹を下ろす。

くん、とイトナは鼻を動かした。

肉と、知らぬ山菜の香りがする。それから――

「あ……！」

ちりりと鼻の奥を刺激する、あのにおい。

自分の着物に沁みついたのかと思い、袖をたしかめる。

だが、違う。においの立ち方が、鋭い。熱のせいだ。

そうと判断すると、イトナは未央が持つ木椀を、小さな手で叩き落とす。

木椀が音を立ててころがり、湯気の立つ汁が床に広がる。

「イトナ。どうしたの？」

未央は、目を丸くしていた。しかし、

「毒！　口にしては駄目！」

イトナが叫んだ途端、すぐに事態を理解したようだ。

「葵衣、兵士の食事を止めて！　蓬生、私と一緒に厨《くりや》へ！」

身軽な葵衣は、素早く部屋を出ていく。

やや遅れて蓬生が部屋を出、イトナを抱えた未央も、あとに続いた。

「未央様、あれ、黒柘榴《くろざくろ》だ」

「え？　黒柘榴って……あの、黒柘榴？」

未央は、怪訝そうな顔をした。

黒柘榴は、蓬莱から伝わる鼠殺しの毒薬だ。人はにおいを感じないそうだが、匙子の鼻には、針に刺されるような刺激がある。

「うん、あの黒柘榴。間違いない」

「どうして――」

竹簡や獣皮紙《じゅうひし》、薬剤など、貴重な資料を鼠から守るために用いるのが、黒柘榴だ。

丸薬自体は赤いが、鼠の骸の腹が、黒く弾ける様からその名がついた。

蓬莱山でしか作られない蓬萊の毒である。用いられるのは、王宮や、それに準ずる場所に限られる。山深い里で、倹しい暮らしを送る者が用いるはずがないのだ。だから、未央が不思議に思うのも無理はない。イトナも不思議でならない。

「厨のものを、口にしてはなりません！」

先に厨に入った蓬生の声が響く。

未央も続いて厨に入る。そう大きくはない空間に、竈の前で暖を取る老女が三人。比較的若い女が五人集まっていた。雁尾もいる。皆、手に椀を持っていた。

貴人への給仕を終え、残った食事を分けあおうとしている――ようだ。

厨にいた全員が、露わになったイトナの顔に仰天している。老女は腰を抜かし、若い女のうち二人が拝みだしている。

「ど、どうなさいました？　なにか不首尾でも――」

慌てる雁尾の陰で、二人の女が慌てて椀の中のものをかき込みだした。

奪われる、とでも思ったのだろうか。なんにせよ、罪のない行動であったように思う。

「毒です！　すぐに吐き出して！」

未央の一言は、しかしすぐには通じなかった。

ぽかん、と厨にいた里の人たちは口を開けていたし、汁をかき込んだ女はもぐもぐと咀嚼《そしゃく》を続け――ごくん、と飲み込んでしまった。

蓬生が「吐き出して！」と、駆け寄って、やっと事態が呑み込めたらしい。大騒ぎがはじまった。

イトナは、くんくんと鼻を動かして、厨を見回す。

黒柘榴は、自然には存在しない。用いる二十五の薬剤すべてが、蓬萊園の薬草を原料にしている。作ったのも人なら、混入させたのも人のはずだ。

未央の腕から下り、イトナは厨の中を探る。

「ど、毒など、まさか、そんな――な、なにかの間違いでは……」

雁尾の狼狽し切った声が聞こえていたが、そちらを見る余裕はない。

慎重ににおいをたどる。鍋に入るもの。鶏。根菜。山菜。――水。

「……あった」

イトナは、水瓶をのぞき込み「これ」と指で示した。

「この水は、どこから汲んだ水なの？」

未央が問うと、老女が震えながら答える。

「そ、それは貴いお方に召し上がっていただくものでございますから、清い水にせねばと――特別に……上泉から汲ませた水で――」

上泉の水。上泉の住人は死に絶え、看病に来た者も次々と倒れた――

今、この里に起きている事柄のすべてが繋がった。

「山の神の怒りに、触れてはなりません！」

未央は厨の者に告げてから、イトナを抱え上げて外に向かった。

葵衣が「兵士の食事は止めました！　全員無事です！」と報告する。

「イトナ。下泉の水が、無毒かどうかを調べて。毒の水では毒消しが作れない」

「うん。——でも、どうして未央様は、山の神の怒りなんて言うの？」

人が作った毒を、人が、人に飲ませ、人が死んだ。どこにも山の神が介入する隙はないはずだ。未央の判断が、イトナには理解できなかった。

「山の神の怒り——ということにしましょう。そうしたら、彼らは日常を取り戻せるのだもの。明日、私が祈禱すれば、それで終われる」

さっぱりわからないが、人の世には、雛子の世とは違う則がある。イトナに理解できないことも多い。今度もそういうものだろう、と納得するしかなかった。

——里中が、大騒ぎになった。

イトナは下泉にある、すべての水源が無毒であると確認した。

助手たちが毒消しの薬湯づくりをはじめ、上泉の病人たちは下泉に運ばれてきた。

イトナの仕事は、病人の一人一人にあわせ、毒消しの濃度を指示するところで終わりだ。

食事のために案内された家に、上泉の病人を運びこんだので、繭床を置く場所がない。桜良に抱えられたイトナは、雁尾の案内で別の家へ移動することになった。

間もなく満ちる月の位置は、すっかり高い。

　こんな時間まで起きていたのは、これまで三度だけ。最初の二度は、六齢の頃と、八齢の頃。ヨハタと約束をして、月を見た。最後の一度は、番になろうと誘われた時だ。

（ヨハタ……どうしているだろう）

　胸が、ちくちくと痛む。あの鮮やかな紅い髪も、蒼い瞳も、去年の春から一度も見ていない。ヨハタが合繭に入るまでに、満月はあと二度しかない。

（嫌だ。こんな時に……ヨハタのことなんて考えたくない）

　くっきりと明るい月から目をそらす。

　その目の向かう先に――火が、見えた。

「火が……桜良、灯りが見える」

　イトナは、岩壁の上の森を指さす。

「灯りでございますか？　道らしい道もなさそうですけれども……」

　桜良が足を止め、目をこらしている。

　繭床を運んでいた雁尾も、イトナの指さす方向を確認しはじめた。

「……あぁ、それでしたら残党狩りかと。星都《ほしのみやこ》からいらした兵士が、尾根の付近を巡回なさっているのです。春先には、日向国の兵がうろついていたとかで、兵の人数が増えました。お陰で食料を提供せねばならず――あぁ、いいえ。大変ありがたいお話です」

雁尾が言うのに、イトナは首を傾げた。

「残党狩りって？　悪い人が山にいるの？」

「あぁ、蘇真人の里が、この上にあるのです。岩場だらけの不便なところなので、捨里、と呼んでおりますが。祁背川の堤場にいる奴婢《ぬひ》らの――」

雁尾のする説明を、

「雁尾様、そこまでに」

と桜良が、のんびりした彼女らしからぬ強さで止めた。

だが、そこまで聞いてしまったイトナの好奇心には、もう火がついている。

「蘇真人って、まだいるの？　滅びたのかと思ってた」

「まだおりますよ。千年の間、罪を償うためにこの国に仕えているのです」

渋々、といった様子で桜良が答える。

匙子は、俗世から遠ざけるのが常であるらしい。こういう時、未央ならば話を変えてしまうが、桜良は未央よりも扱いやすい。

「罪を償っているなら、悪いことはしないでしょう？　どうして残党狩りが要るの？」

「反乱が――斎宮様には内緒にしてくださいませね？　昨年……蘇真人の奴婢が、大王の恩情を忘れて反乱を起こしたのです。浪崗の鉱山と、澄泉にほど近い――馬車から見た、祁背川の堤場で。堤場で働く蘇真人の家族は、捨里に住んでおりますから、そこに残党が戻ってくるだろうと、星都の兵が見回りをなさっているのだと思います」

蘇真人が、償いを忘れて天壺国に対し反乱を企てた。それゆえ、天壺国の星都から兵が派遣されている——ということらしい。

（反乱なんて起こしたら、贖罪は遠くなるのに。……どうして？　蛮族だから？）

彼らが、なぜ贖罪の途中で大王に逆らったのやら、イトナには理解できない。

だが、森の中に兵士がいる理由だけはわかった。

「山の神も、贖罪を放棄した蘇真人に怒ったらいいのに」

森を見つめたまま、イトナは言った。

奇病の正体は、黒柘榴だ。しかし未央は、これは神の怒りである、と結論を出した。イトナは未央を信頼していた。未央が右と言った方が右で、左と言った方が左だ。だから、話をあわせるつもりでそう言った。

「まったくです！　蘇真人の上に、雷でも落としてくださったらいいのに」

「そ、そのとおり。まったく、そのとおりでございますね！」

桜良と雁尾は、揃ってイトナに賛同した。

（蘇真人は、どんな姿をしてるのかな）

神話の中に、蘇真人の身体的な特徴は示されていない。雛子のように、一目でそれとわかるものだろうか。

（……見てみたい）

鋸引山や、祁背川を眺めた時と同じ無邪気さで、イトナは思った。

その息吹を感じたくなって——耳を澄ます。

「あ……」

細い声が聞こえた。声は幼い。兵士のそれとは思えない。

——助けて。誰か。助けて。

イトナは、とん、と桜良の肩を叩く。

「イトナ様？　どうなさいました？」

「——子供の、声がする。森の中から」

桜良はぎょっとしてはいたが、気のせいでは？　とは言わなかった。匙子の聴力を知っているからだろう。

人に見えぬものを見、人に聞こえぬものを聞くのが匙子だ。

感覚の鋭さを示す言葉に過ぎないが、山の外にいる多くの人は、もっと大きなものを想像するようだ。思わず拝んでしまう程度には。

雁尾がわなわなと震えながら、

「もしや——山の神の使い——でしょうか？」

と言ったので、イトナは、目をパチパチとさせてから、

「きっとそう」

と出まかせを言った。推測である。だから、嘘ではない。

神話の類には、人の幼子の姿をした神の使いがしばしば現れる。

山の神の怒りによって、多くの里人が殺された。そこに雨芽薬主の末裔たる斎宮がやってきて、救いの手が差し伸べられた——そんな時、山から聞こえた子供の声。

気づいたのは、異形の匙子。舞台はできあがっていた。

「山の神に許しを請うべき時が、来たのですね？」

雁尾の目が、爛々《らんらん》としだした。

だから、イトナは、

「きっとそう」

と繰り返した。

子供の声がするから助けてやりたい——とイトナが言おうものなら、全力で反対しそうな桜良まで「そ、そうかもしれません」と言い出している。

かくしてイトナは、子供の声をたどって夜の森に入ることになった。

（助けてあげたい）

奇病の原因は看破したものの、病人のほとんどは助からないだろう。損傷した臓腑には、毒消しも効かない。責はなくとも、気は咎める。せめて、森をさまよう子供くらいは助けたかった。

イトナは「こっち」と声のする方を示す。

繭床は人に預け、近くにいた護衛の兵士を二人連れての救出作戦だ。

月が明るいとはいえ、森の中である。人の目には、松明で照らされた場所以外は、ほとんどなにも見えないだろう。迷わず指で示すイトナの声に、一行は神妙な面持ちで従う。

夜の森は、虫の声がうるさい。

ひんやりとした空気は、肌にまとわりつくように湿っている。

——誰か、助けて。

声が、次第に近くなった。

「こっち。もうすぐ」

——助けて。助けて。母様。母様。

施薬院に来る幼子が、母を頼る場面には多くあう。父に抱えられて来た子でも、呼ぶのは母親の方だ。

イトナには、母がいない。そもそも親がいない。

いたはずだが、他の雛子同様、姿を見る機会はなかった。

雛子は、己の命と引き換えに、新たな命を授かるからだ。イトナが生まれた時には、もう親は灰になっている。

雛子を育てるのは園司で、教育は薬師から受けた。

イトナは母を知らない。けれど、母を呼ぶ幼子への憐憫は持っていた。

「そこに――そこの、大きな岩の……洞《ほら》が……あ――出てきた」

子供の姿が、ちらりと見える。松明の火に気づいたのだろうか。

その時、突然――ガサガサッと荒々しい足音が、いくつも上から聞こえてきた。

「待って――人が……」

声と、松明の火。山頂の方からだ。

（星都の兵？　それとも……山の上の、蘇真人？）

慌てた雁尾が「消して！」と自分の松明を消し、護衛のそれも消させた。

「そ、蘇真人が、報復に来たのかも……しれません。き、祈禱の時に――あぁ、きっとそのせいです！」

雁尾の狼狽は、護衛にも、桜良にも、イトナにも移った。

一同は、慌てて身を伏せる。

（蘇真人って、そんなに恐ろしいものなの？――あぁ、そうか。蛮族なんだから、獰猛に決まってる！）

千年の贖罪を背負った存在は、殊勝であるべきと思っていたが、反乱を起こすのだから、凶暴なのは間違いない。さぞ恐ろしい姿をしているに違いない。

姿を見たいという好奇心は、もう跡形もなく消えていた。

一層強くイトナは思った。――子供を、助けないと、と。

桜良は、身体でイトナを庇っている。その下から、イトナはもぞもぞと這い出た。

今、この暗がりで物が見えるのは自分だけだ。蛮族は恐ろしいが、状況だけは把握しておきたい。

（まだ、出てきちゃ駄目。……お願い。そこでじっとしていて！）

イトナの願いも空しく、子供が洞から飛び出した。

こちらに向かって、走ってくる。転びながらも、必死に。

「助けて！　助けて！」

今度の声は、はっきり聞こえた。きっと、人の耳にも。

助けて、という子供の声。

ヒュッと空を裂く矢の音。

ぶつり、と布と肉を破る音。

それらが、いくつか立て続けに聞こえた。

（あ！）

イトナは、呼吸を忘れた。

どさりと倒れた子供の小さな背には、矢が突き刺さっている。

さらに、もう一本。びくり、と動いた身体は、それを最後に動かなくなった。

「手間をかけさせやがって。——よし、これで全部だな。まとめて燃やすぞ」

「やれやれ、やっと終わるな。日向の盗人のせいですっかり長引いちまったが、あの骸の山さえ焼けば星都に戻れるぞ」

男たちの、声が聞こえる。

（この人たち……蘇真人じゃない。星都から来た兵士なんだ）

よかった。殺される心配は要らない――と思ったのは、束の間であった。

風に乗って、血のにおいが鼻に届く。

新しい血。そして古い血。たまらなく不快な、腐臭までも。

「まったく嫌な仕事だったな。腐った骸に囲まれるより、戦の方がまだましだ」

「馬鹿を言うな。戦よりずっといい。毒を井戸に入れて、あとは骸を焼くだけだぞ？　女房を泣かさずに済む。とにかく、さっさと燃やしちまおう」

「俺は戦の方がいいぞ。奴婢を切り捨てるのと違って、蘇真人の女子供を焼いても功にはならんからな。金にならん」

男たちは荒縄で子供を縛り、引きずりながら歩き出す。――山の上に向かって。

わけがわからない。ただ、子供が殺されたことだけは間違いない事実だ。

（私が――殺した）

子供は、朝まで身を隠しているべきだったのだ。イトナたちが火を持って近づいたせいで、あの子供は岩の洞から出――殺された。

「あ……」

全身から、血の気が引く。

ガタガタと、身体が震えだした。

助けたい、と思ったのだ。ただ、助けたい、と。

「イトナ様、お静かに！」

桜良の手が、イトナの口をふさぐ。

（私がいなければ……イトナの子供は死なずに済んだ）

匙子の耳と、目とがなければ――

「――誰だ？」

男の一人が、こちらに向かって問うた。

身を伏せる一同に、息も止まりそうな緊張が走る。

「そこに、誰かいるのか」

「狸かもしれん。騒ぐな。いや、日向の連中か？」

「また毒を盗みに来たのか？　冗談じゃない。――おい、そこの。出てこい」

「射ればわかる。狸か、人か。どっちにせよ、見られたなら消すしかない」

ぎり、と弓を引き絞る音が、三つ続いた。

（殺される――）

死にたくない。まだ、死にたくない。

イトナには、しなくてはならないことがある。

天の雫を、作るのだ。自分が死ねば、未央は別の匙子を迎えるだろう。そして、その匙子と天の雫を完成させるに違いない。――嫌だ。絶対に、嫌だ。

未央の目が、自分以外の誰かを見るなど耐えられない。

「わ、私が参ります」

かすれた声で、雁尾が言った。

駄目だ、とイトナは桜良の腕の中でもがく。動けば、殺される。いや、動かなくとも殺される。彼らの目的は、口封じなのだから。

（雁尾を止めなくちゃ――）

声が出ない。胸に、鈍いが強い痛みが走る。

その時――遠くで、声がした。

――雛子様ぁ、雛子様ぁ。

声は、いくつも聞こえてくる。

イトナの不在に気づいた者が、捜しにきたようだ。

「まずい。逃げるぞ。――斎宮様が来ているらしい」

「くそ。なんでよりによって！――引き上げるぞ！　急げ！」

男たちは、山の上へと戻っていく。

山の下を振り返れば、松明がいくつも見えた。

――助けて、未央様。

涙で滲む松明の向こうに、手を伸ばす。

もし自分に母親がいたら、こんな時に助けを求めただろうか。

声が、出ない。胸が苦しい。圧し潰されるように、痛い。

「――イトナ!」

未央の声が、はっきりと聞こえる。

「未央様――」

「イトナ!　どこなの!?　返事をして!」

声の出ないイトナに代わって、桜良は「こちらです!」と裏返った声で叫ぶ。

息が苦しい。胸が痛い。苦しい。

「未央様……」

子供が殺されてしまったの。私のせいで。

桜良たちを危険にさらしてしまった。ごめんなさい。

口にしたい言葉が、出てこない。

呼吸が苦しい。胸が痛い。だから、イトナは聞きたかった一言が聞けなかった。

遠のく意識の中で、しかし、その問いだけが駆け巡る。

――あの子供の髪は、どうして紅かったの?

イトナは、未央の腕の中で意識を失った。

雛子の身体は、強い感情には耐えられない――らしい。

以前、薬師に聞いたことがある。それを、ぼんやりと思い出していた。

――私が、もっと強くお止めすべきでした。申し訳ございません。

――貴女の責ではないわ。そもそもが、無茶な計画だったのだから。

桜良と、未央の声が聞こえる。

――しかし、あれはなんだったのでございましょう。……はっきりとは見えませんでしたが、星都の兵士が子供を殺すとは……信じられません。

――桜良。その件は今後一切口にせぬよう。

――は、はい。心します。

ガタガタと、車輪の音がする。

揺れる馬車の中で、イトナの意識は、浮き沈みを繰り返した。

次にはっきりと覚醒した時は、鳳翼院にいた。

繭床は、いつもの書斎の、未央の文机のすぐ横にあった。傍では、いつものように猫のチャブチが丸くなっている。

墨と、薬と、香。猫のにおいが懐かしい。

イトナは、誇らしい冒険の旅が終わったことを知る。

桜良は泣いていた。泣いて、謝っていた。

文机に向かっていた未央は、身体の向きを変え、そっとイトナの髪を撫でる。

「よく頑張ってくれたわね、イトナ。貴方のお陰で、患者の十人のうち、三人は助かったのよ。上泉の水を使った料理を食べた者も、毒消しが効いて回復した。――

ありがとう」

全員の死さえ覚悟したものが、三人生き延びたと聞いて、イトナは「よかった」と胸を撫で下ろした。無茶な冒険も、意味があったと思えば救われるものがある。

——どうして、黒柘榴が山里にあったの？

——どうして、あの紅い髪の子供は殺されたの？

問いたいことが、喉まで出かかっている。

「祈禱は？　未央様がしたの？」

「えぇ、してきたわ。皆も安心していた。本当にありがとう、イトナ。しばらく、無理せずゆっくり休んで」

問いたい。しかし、イトナはそれを尋ねなかった。

天の雫を作り、国を救う。そのために、捨てねばならないことは多い。匙子の命には限りがあり、抱えられるものも多くはない。

だから、黙った。すべてを忘れて、日常に戻るのが一番いい。

イトナは、澄泉での出来事を、忘れようとした。忘れられるわけがない。しかし、忘れねば生きられない。

悪夢はしばしばイトナを襲った。

紅い髪の人たちが、折り重なるように倒れている。誰もの身体に赤い斑があり、うめく声が周囲に満ちていた。——助けて。——助けて。

魘《うな》されて目覚めると、決まって未央は、繭の蓋を開けて手を握ってくれた。

その優しい熱のお陰で、イトナはまた眠りに落ちることができた。

旅の直後は半分も飲めなかった薬湯も、十日もした頃には以前と同じ量を飲めるようになった。体調も次第に回復し、二十日経った頃には、施薬院での仕事も再開させた。

竹簡を読み耽り、薬の嗅ぎ分けを覚える度、子供の死を見て見ぬふりをした後ろめたさが軽くなっていく感覚がある。病人の脈を取っても、同じように思えた。

天の雫を作れば、一層多くの人を救えるはずだ。イトナは、作業に没頭した。

消えない傷も、問えない問いも、残ったまま。

けれど形だけ、日常は戻ったのだった。


澄泉の里から戻って、一ヶ月が経った頃。

薬師たちが、夕議よりもずっと早い時間から、未央の書斎に集まった。

イトナは書斎を出るように言われ、一人で廊下に出た。たまたま桜良はその場におらず、チャブチも近くにはいなかった。

早緑の使者が来たわけではないが、話題が深刻であることは、想像がつく。

澄泉から戻ったあと、未央は薬師たちをあちこちに派遣していた。彼女たちが戻るのを待っての会議だ。

(聞きたくない)

以前は、外に出されるのが嫌だった。自分への信頼が薄いように思われてならなかったからだ。しかし、旅から戻った今は違う。

イトナには、未央の背負うものを分かちあえない。未央がイトナを遠ざけるのは、決まって山の外の話題だ。未央は斎宮だが、それだけが未央のすべてではない。この国の王女としても生きている。

未央はイトナのすべてだが、イトナは未央のすべてではない。

ふぅ、とイトナは重いため息をつく。

廊下から中庭をはさんだ向こう側で、蓬生の匙子のミツヤが、猫のホシクロを撫でながら、ぼんやり庭を見ている。他の薬師は戻ってきたが、蓬生だけはまだ戻っていないので、寂しがっているのだろう。蓬生とミツヤは、母子のように仲がいい。声をかけるのも躊躇われ、池の鮒でも見ようと思い立つ。

ふっと、烏葉の香りが鼻に届いた。

蓬莱園に繋がる扉が、近い。誘われるように、イトナの足はそちらに向いていた。

(会いたい。……ヨハタに会いたい)

話を聞いてほしい。話がしたい。

外の世界の広さと、美しさを、教えたい。鳳山の麓に広がる、森の豊かさも。

そして、里で見た恐ろしい出来事も。

間もなく、ヨハタは誰かと——きっとムミツと——合繭に入ってしまう。

ヨハタが人生の最後に見るのは、ムミツの紫色の瞳なのだろう。それはしかたがない。けれど、最後に一度でいいから自分を見てほしい。イトナもあの蒼い瞳が見たい。

「——澄泉より前に奇病の噂があった浪崗でも、鉱山で蘇真人の反乱が起き、程なくして付近の捨里の井戸に毒が入れられ、里ごと焼かれていたそうよ。浪崗の捨里にいたのは二百人程度。澄泉でも同程度の蘇真人が犠牲になっている。……捨里の蘇真人だけではないわ。島人《しまびと》の里でも同じ。澄泉の水源は複数あったけれど、浪崗の里は水源が一つきりだったから、発生から全員の死亡までが早かった。一ヶ月で五十人以上が死亡している。それから……奇病の流行る直前に、日向国の兵士が目撃されていたの。それも澄泉とまったく同じだったわ」

未央の声が、風に乗って聞こえてくる。

島人、という言葉を、イトナははじめて聞いた。きっと蘇真人と、それ以外を区別するための言葉なのだろう。

蘇真人が捨里で殺され、島人の里でも人が殺された。恐ろしいことに、澄泉で起きた凄惨な事件は、ただ一度だけのものではなく、繰り返された二度目の事件であったらしい。

「では、斎宮様。もしや反乱の報いに、大王が捨里の蘇真人を毒で殺したということでございましょうか……？　いえ、しかし、それならば蘇真人を殺すだけで済むはず。捨里でない里の、島人を――天壺国の民を殺す理由がございませぬ」

「私どもは、早緑の使者からのご依頼で、黒柘榴を何度も作って参りました。蘇真人を殺したのは、その毒だったのでございましょうか？　もしや、里の者を殺したのも――」

聞きたくない。恐ろしい。

黒柘榴ならば、イトナも作ったことがある。

だが、その時は鼠殺しだと信じて疑わなかった。

（私たちの作った毒が……人を殺した……）

人を救うはずの薬師と匙子が、殺人の片棒を担いでいたかもしれない。認めがたい、恐ろしい事実である。

「憶測で物は言えないわ。いずれにせよ、鳳山は鳳山の仕事をするまで。二度起きたなら、三度目も起こり得る。先月、羽野《はねの》の塩鉱でも蘇真人の反乱が起きたの。今、蓬生と葵衣には、浪崗からその足で羽野に行ってもらっている。毒消しが間にあえば、一人でも多くを救えるはずよ」

声から逃れるように、イトナは扉を開けていた。

途端に、清い風が身体を洗った。烏葉のにおいを感じながら、渡り廊下の階段を足早に進んでいく。

鹿青の畑は、渡り廊下に面しているので、すぐそこだ。イトナは必死に目でヨハタの姿を捜す。――いた。

イトナは、急いで畑に下りた。

「まだ生きてたの？」

刺のある声が、すぐ横で聞こえた。

パッとそちらを見れば、紫色の瞳が、イトナの碧の瞳とぶつかる。

「ムミツ……」

おおよそ一年ぶりに会ったムミツの目は、イトナよりずっと高い場所にある。

その事実に、イトナはひどく驚いた。匙子になって成長を止めたイトナの身体と、成長の頂点を迎えるムミツの身体には、この一年で大きな隔たりができていた。

周りにいる、同じ年生まれの仲間たちの体格も、記憶にあるものとは違っている。

「斎宮様に殺されたのかと思った。――トハタミみたいに」

「嫌なことを言わないで」

「みんなが言ってる。斎宮様は、匙子におかしな薬湯を飲ませて殺してしまうんだって。生きてるとは思わなかった。……それで、なにしに来たの？　匙子のいる場所なんて、ここにはない。邪魔をしないでよ！」

どん、とムミツはイトナの肩を押した。

敵うわけもない。あっさりとイトナは、畔道に倒れる。

顔だけを上げ、イトナは、キッとムミツをにらんだ。

「み、未央様は、匙子を殺したりしない！」

「馬鹿なイトナ。みんな貴方のことを笑ってるのに」

未央は、国を守るために戦っているのだ。

自分はともかく、未央を悪く言われるのは我慢ならない。未央は正しい。正しいはずだ。

「馬鹿はどっちよ！　なにも知らないくせに！」

イトナはパッと立ち上がり、ムミツの肩を押し返した。

体格の差は歴然としている。イトナの力では、敵うはずなどないのに――

「きゃあ！」

悲鳴まで上げて、ムミツは大袈裟に転んだ。

「なによ、痛くもかゆくもないくせに！」

イトナは、ムミツの胸倉をつかもうとして――

「ムミツ！」

背の方で聞こえたヨハタの声に、びくりと身体を竦ませた。

「ヨハタ、助けて。イトナが私を突き飛ばしたの！」

泣きながら、ムミツはヨハタに訴えた。

ヨハタは、ムミツを抱え起こして背に庇う。

　ここではじめて、ヨハタとイトナの目が合った。非難を含んだ蒼い目に、イトナの心は凍りつく。

「イトナ。ムミツを傷つけないで。私の番よ」

「ち、違う。違うの、ヨハタ」

「なにが違うの？　ムミツに聞いた。園にいる間、いつもムミツをいじめていたんでしょう？　私に隠れて！」

　違う。毎日のように、イトナを突き飛ばしていたのはムミツの方だ。いつでも、イトナは耐えていた。

　ヨハタの背に庇われながら、ムミツが笑っている。カッと頭に血が上った。

「違う！　私は、そんなことしてない！」

「ムミツをいじめたら許さない！　出ていって！　ここは匙子の来るところじゃない！」

　ヨハタの怒る顔を、見るのははじめてだ。

　泣いてたまるか——と思うのに、涙はぽろぽろと頬をつたった。

「なによ……ムミツが私をいじめていた時は、全然庇ってくれなかったくせに！　私だけを——ヨハタが、私だけを見てくれてたら、私だって——私だって……！」

　私だって、匙子になんてならなかった——と言いかけた。

　けれど、喉のところで止める。

匙子は嘘をつかぬもの。嘘は、口にできない。

イトナは、未央に出会ってしまった。ヨハタと合繭に入る未来と、未央と天の雫を作る未来とを秤《はかり》にかけ――未央と生きる道を選んだ。ムミツがいようといまいと、イトナの選択は変わらなかったろう。

「イトナ……」

「違う。……ヨハタのせいなんかじゃない。私は、自分で道を選んだの」

今度の言葉は、咽喉《いんこう》でつかえることなく口から出た。

「そんなことを言いに、わざわざここへ来たの？」

ヨハタの視線に、非難の色はない。

けれど、とても冷ややかだった。

園司がイトナを見つけ「まぁ、イトナ様！」と慌てて駆け寄ってくる。

「私……ただ、ヨハタに会いたかったの」

「私は……会いたくなかった」

ヨハタが、目をそらす。

凍りついていたイトナの心は、粉々に砕けた。

「さ、鳳翼院に戻りましょう。きっと桜良が慌てておりますよ」

園司が、イトナを抱き上げて「まぁ、軽い」と言っていた。ふだん抱き上げている鹿青の個体より、ひと回り小さいので、そう感じたのだろう。

イトナは、ヨハタに手を伸ばした。

あんな会話が、自分たちの最後になるとは信じたくない。

「イトナ――」

ヨハタが、イトナを呼んだ。

そして、手を伸ばす。

一瞬――それが和解の印なのかと思った。

触れる。しかし、手は熱を持たない。

イトナの身体の変化を、ヨハタは知らせようとしたのだ。それは、言葉よりも強い拒絶であった。


鳳翼院に帰ってから、繭床の中でおいおいと泣いた。

もう薬師たちはおらず、書斎にいるのは未央とイトナの二人だけだ。

泣き終えてから出された薬湯を、こくりと飲む。渇いた喉が心地よく潤った。

「少し……落ち着いた?」

未央に優しく問われて、イトナは小さくうなずく。

恥ずかしい。多少の落ち着きを取り戻してみれば、顔から火が出そうになった。

自ら望んで匙子になりながら、のこのこと園に戻ってきて、番の間に入ったのだ。

だから、ぴしゃりと追い出された。それだけの話である。滑稽《こっけい》だ。きっと鹿青の仲間たちは、今頃笑っているだろう。

「ヨハタと話が……したかったの。匙子になる前に、そうしていたみたいに」

「それは……難しいかもしれないわね」

ふぅ、と未央はため息をついた。

「ヨハタとは、ずっと仲がよかった。特別だった。私は、誰よりヨハタのことをよく知ってる。……きっと番になるんだと思ってた」

イトナとヨハタは、物心ついた時から繭床が隣りあっていた。

番というものは、誰とでもなれるわけではない。満十五齢で合繭に入る相手とは、生まれ年だけでなく、月も近い必要がある。季節をまたぐのは一つまで。春の終わりに生まれたイトナであれば、春のはじめから、夏の半ばまでに生まれた者を相手に選ぶのが望ましい。

繭床は、生まれた順に並んでいるので、隣の雛子と番になるのが理想的なのだ。隣同士に生まれ、仲もよかったヨハタとイトナは、番になるのが自然だった。──イトナが匙子になると言い出しさえしなければ。

「特別な相手だからこそよ。一度形が変わってしまえば、戻るのは難しくなるわ」

特別だから戻れるはずだ──と思うこと自体が誤りだ、と未央は言っている。

わかるようで、わからない。

なにも縁という縁が、子孫を残すためだけにあるわけではないはずだ。

番にならずとも、それまで築いた縁が消えるとは思わない。現に、子孫を残さないイトナは、熱を持たなくとも、まだヨハタが好きだ。

「私は、前みたいに戻れる……と思ったの」

「私だって、前みたいに戻れる……と思ったの」

未央が、昔の許嫁ともう一度会っても、以前のようには話せないもの」

未央が、自分の話をするのは珍しい。

許嫁がいたのは知っている。未央が甘露宮にいた、九歳から五年ほどの期間だ。相手は、人質として甘露宮で暮らしていた小国の王子。日向国の第三王子で、名は安曇。文のやり取りが続いていたので、イトナも名は知っている。

「戻れない？　前みたいに」

「戻れないわ」

迷いなく、未央は答えた。

未央と安曇の婚約は、互いの意思とは関係のない理由で結ばれ、かつ破れた。

安曇は、最初は真珠と婚約するはずであったものが、真珠の気まぐれで相手が未央に代わった。真珠から、未央へ。さらにまた真珠へ。最終的には、婚儀直前に真珠が出奔し、再び未央が選ばれたが、これは未央の方で断っている。とはいえ、これも未央が安曇を嫌ったがためではない。未央に、大いなる使命があったがための決断である。

「……どうして？　特別なら、戻れるんじゃないの？」

「だって、考えてみて？　私は、貴方が私以外の薬師の匙子になってしまったら、今までどおりになんてできないわ。どんな理由であったたって。貴方は？　できる？」

未央の問いに、ぶんぶんと大きくイトナは首を振った。

「嫌。そんなこと考えたくない！」

未央が自分以外の雛子を匙子にするなど、考えただけで頭が沸騰しそうになる。

イトナの前に未央の匙子だったトハタミは、施薬院へ下りる階段の側の丘に眠っている。場所はトハタミが生前、自分で選んだそうだ。

階段を下りる時も、上がる時も、必ず未央は足を止め、まだ細い若木に手をあわせる。

一緒に手をあわせこそするが、それさえイトナは嫌な気分になるくらいだ。

嫌、と繰り返した拍子に、涙がこぼれる。未央は、そっとその涙をぬぐった。

「私だって嫌よ。……でも、心配要らない。私は、もう貴方以外の匙子は持たないから。——約束する」

嘘だ、と思った。

優しく笑んで未央は言うが、イトナは信じていない。

イトナが明日にでも死ねば、悲しみ、涙し、骸が埋められた場所に手をあわせ——けれど、すぐに新たな匙子を見つけるはずだ。イトナにはわかる。天の雫を、未央は簡単に諦めはしないだろう。

「本当に？」

「ええ、本当に」

嘘だ。けれど構わない。イトナが生きている限り、嘘にはならないのだから。

「ずっと、一緒？」

「一緒よ。でも、次はイトナの方が長生きするでしょう？　鳳の木は、千年生きるもの」

イトナの脳裏に、澄泉の里へ向かう時に見た、鳳の木の威容が蘇る。

しっかりと大地に根を張り、大きく枝を広げた、豊かな葉をたたえるその姿。

自分が木になったあとのことを、イトナは考えた。

「髪が白くなった未央様にも、会えるのね」

口にはしたものの、まったく想像がつかない。

未央の髪は艶やかに黒く、顔はつるりとしていて、老いの気配がないからだ。

「貴方の木陰に、入れてちょうだい」

ヨハタは、木になったあとの話を嫌った。木になどなりたくない。命を次代に繋げるのが一番貴い。そう思っていた人だったから。

自分が木の姿になったあとの話を、ヨハタ以外とするのははじめてだ。

未央は、イトナと優しく手を繋いだ。

「ずっと一緒……なのね」

未央は、柔らかく笑んでうなずいた。

「そうよ。だから、特別でもいいの。私は……いつか貴方を置いていってしまうけれど」

「じゃあ、次の斎宮様も守ってあげる」

「そうしてあげて。楽な役目ではないから、きっと泣きたくなる日もあるでしょう」

ふと、考えた。未央にも、ひっそりと泣いた夜があったのだろうか。

母親を思って？　甘露宮を思って？　あるいは真珠に受けた仕打ちを嘆いて？

それとも――

(日向国の王子を思って、泣いてらした？)

婚約者を思って未央が枕を濡らしたのか――と考えただけで、腹の奥が熱くなる。

眉間にシワでも寄っていたらしい。未央がイトナの額を撫でる。

(もしかしたら……ヨハタも、こんな気持ちになったのかな)

イトナが、蓬莱園の外の話をする度、ヨハタは不機嫌になった。

海の話も、匙子の話も、斎宮の話も、未央の話も。木になったあとの話もだ。

目の前にいる人が、自分ではないなにかを見ている。腹の煮えるような、嫉妬としか名づけようのない感情を、ヨハタも抱えていたのだろうか。

(私が、ムミツを見ないでほしかったのと同じくらいに、ヨハタは私に自分を見てほしかったのかもしれない……)

この時はじめて、イトナはヨハタの心のことを考えた。

私を見て、私だけを見て。イトナが感じ続けていた飢えを、ヨハタも感じていたのではないだろうか。イトナはいつも、柵の向こうばかりを見ていたから。

ヨハタは、イトナが匙子になると決めた日、どれだけ傷ついただろう。

ぐっと胸が痛んだ。

イトナは、未央に呼ばれて園を出た日に、選んだ。

未央は、自らの髪を切り落とした日に、選んだ。

イトナは、椀の底に少しだけ残っていた薬湯を、ぐいと飲み切った。

「未央様。竹簡の続きを読んでしまいたい。……天の雫は、木になったら作れないから」

未央は、イトナの髪を優しく撫でて「わかった」とうなずく。

二人で手を握りあい、励ますように微笑みあった。

（……やり遂げたい）

悲しみに溺れてはいられない。イトナには、やるべきことがある。

天の雫を作るのだ。

国を救い、人を救う。

未央と二人でしかできないことを、成し遂げたい。

（悔いなく死にたい。——この道を選んでよかったと思いながら死にたい）

どれだけ胸が痛もうと、夜に一人涙をこぼそうとも、前に進まねばならない。それが自らの道を選んだ者の務めだ、とイトナは思った。

第二幕

災厄の日

鯨柿《くじらがき》の年、六月五日のことである。

午後になって、未央に「月草《つきくさ》を摘みにいきたいの。選んでくれる?」と頼まれた。

月草は、夜になると開き、花芯がほんのりと光る薬草だ。開いている間に五枚の乳白色の花弁を摘み、乾燥させ、煎じて粉にし、膏薬《こうやく》に混ぜて用いる。

薬草摘みを提案したのは、蓬生の助手の葵衣だ。羽野から、三日前に戻ったばかりだというのに、もう常と同じように働いていた。

残念なことに、羽野でも、浪崗や澄泉と同じような悲劇が起きていたらしい。蓬生と葵衣は、毒消しを飲ませて里の者を救ったという。

羽野での出来事を聞き、夕議の空気は重かった。いかに羽野の里人を救ったとはいえ、蘇真人の捨里はすでに焼き払われ、百人近い犠牲が出たというのだから。

浪崗で、澄泉で、羽野で。わずか半年あまりの期間に、蘇真人が五百人以上も殺されている。想像もつかない、恐ろしい数だ。周辺の里で出た犠牲者も百人に近い。

陰鬱な空気が、鳳翼院に重く垂れこめていた。

こんな時、未央は研究に没頭する。一日も早く天の雫を作らねば――という焦燥にかられるのだろう。

そんな未央が、葵衣の提案に乗り、天の雫作製とは関係のない薬草を摘みに行こう、と誘ってきた。

不自然な誘いだが、その理由をイトナは知っている。

今宵が、満月であるからだ。

(あぁ、もう月が出てる)

イトナは、ほんのりと明るい月の浮かぶ空を見上げ、ため息をついた。

月草が群生する沢は、鳳翼院と、施薬院の間あたりにある。桜良に抱えられ、イトナは夕時の階段を下りていく。後ろには、蓬生と葵衣が続く。

鳳山を囲む山々は、夕時になると色が均一になる。イトナの着物も、白い石の道まで、夕暮れ色に染まっていった。

沢に向かうには、道の半ばで左に曲がるため、施薬院に行くという蓬生と葵衣とは、そこで別れた。未央は小声で、葵衣に礼を伝えていたようであった。

——ヨハタは今日、ムミツと共に合繭に入る。

数日前から、桜良はソワソワと落ち着かない様子だった。

雑司も、なにかと言えば書斎をのぞきに来ていた。

未央も、しばしば筆を止めてはこちらを確認する有様。

匙子の仲間たちも、用もないのに書斎の前を通っていたくらいだ。蓬生の匙子のミツヤは「私は、つらくて二日寝込んだ。でも今は蓬生様といられるから幸せ」と言っていた。

(昔は、合繭に入るのも怖くなかったのに……)

匙子になるまでは、自分の命の終わりが怖くなかった。日々の営みの終わりに、合繭に入る日があるだけ。怖くもなく、悲しくもなかった。比較すれば、番を持たず、一人で死んでいく匙子の孤独の方が、よほど怖かったくらいだ。

しかし、今はヨハタの死が、怖い。

「さぁ、着きましたよ、イトナ様」

桜良が、ゆっくりとイトナを下に下ろす。

敷き詰められた石は、日中の熱の名残があった。

「まぁ、イトナ様。蛍が見えますよ！」

今日は灯りを持つために、桃葉《ももは》という名の雑司も同行している。年若い桃葉は、はしゃいだ声を出していた。桃葉は、桜良より年若いが、身体はずっと大きい。

「あら、本当。……綺麗ね」

沢一面に、ちらちら動く光と、動かぬ光が広がっている。一方が蛍、もう一方が月草だろう。

「わぁ……綺麗」

イトナは、憂いを忘れて声を上げていた。

蛍は、番を探すために光を放つそうだ。すべての生き物にとって、それがなにより大事で、貴いことなのだと思う。

（ヨハタ……）

イトナは、ヨハタが好きだった。物知りで、優しくて、強い。

誰より身近で、誰より慕わしい、かけがえのない存在だ。

――ヨハタに会いたい。

強い衝動が、淡く美しい光の魅力をかき消した。

イトナが蓬莱園を見上げた瞬間、未央が肩に手を置く。

「いけないわ、イトナ」

「でも、最後に――最後に、一目でも――」

「ヨハタのためよ。もう一つの未来を見せたら、悔いが残る」

番の生まれが遅い方が満十五齢になってから、最初に迎える満月の夜が、合繭に入る日である。イトナも雛子のままであれば、今日、合繭に入っていたはずだ。

二人で手を繋ぎ、一つの繭床で満月の夜を共に過ごす。互いの瞳を、世界で一番美しいと思いながら。未央の言うもう一つの未来とは、ヨハタとイトナが今日この日に、合繭に入る未来だ。

「あぁ……」

涙が溢れ、頬を濡らす。

もう一つの未来など来ない。イトナが、自らの手で捨てた。

わかっていた。覚悟はできていた。つい先ほどまで、周囲の心配を、大袈裟だと苦笑いしながら受け入れていたはずなのに――今は、悲しみで胸が圧し潰されそうだ。

「穏やかに送ってあげましょう。止めた私を、恨んで構わないから」

未央は膝をついて、イトナをそっと抱きしめる。イトナは声を上げて泣こうとし
――しかし、嗚咽を呑み込んだ。

――がさり、と音がする。

「……？」

狸だろうか、とイトナは思った。

「未央様、なにか――」

獣がいる、と言うつもりだった。

ところが――

「……山の女か？」

聞こえてきたのは、人の声。それも太い男の声である。

ぎょっとした。ここは内門の内側だ。男がいるはずがない。いてはならない。男の侵入は重罪で、遠流と決まっている。七十歳以上であれば例外らしいが、その声は若い。

ガサガサッと大きな音を立て、茂みから人が――熊と見まごうほどの大男が出てきた。

「……ッ！」

鳳翼院の中で、桃葉は他の雑司と見間違いようのないほど大きいが、その桃葉の

倍は大きく見える。

　イトナは、驚くあまり呼吸を忘れた。

（――血のにおいがする）

　ぎょろりと大きな目は、明るい琥珀色。

　紅みを帯びた髪は乱れ、身体のあちこちに刀創《とうそう》がある。革の甲を身に着け、腰には剣を佩《は》いていた。武人だろう。頭につけた瑪瑙《めのう》の額玉《がくぎょく》は、高貴な身分を思わせる。

　その目が、イトナをとらえた。

　大男が、大きな目をさらに大きくして「雛子か」と呟いたので、イトナは「ひっ」と悲鳴を上げて未央に抱きつく。

「ここは、男子禁制の鳳山。迷いこんだのなら、すぐに下山なさい」

　未央はイトナを抱えて立ち上がり、毅然《きぜん》と男と相対した。

「女。斎宮に取次いでもらいたい。緊急の用だ」

「用件は――」

　ぬっと大男の顔が近づく。髪と同じ色の太い眉が、ぐい、と上がる。

「お前……未央か？」

「……六連《むづら》？」

　大男は、未央を見て名を呼んだ。

　未央の方も、大男を知っているらしい。

「話のついでに手当も頼めるか。血が止まらん」

未央は、イトナを桜良に預ける間に、薬箱を桃葉に開けさせた。手当をする気らしい。当然、桜良も桃葉も、大いに戸惑っている。

「日向国の第二王子よ。名は六連」

未央は、大男の素性を明かした。

日向国は、東星方の東端にある小国だ。未央が一時期婚約していた安曇は、第三王子である。六連という男は安曇の兄なのだろう。

（でも……どうして鳳山の中に日向国の王子が入ってきたの？）

未央の指示で、六連は沢に傷を洗いにいった。淡く光る月草を、構わず踏んでいる。あれほど美しいものを見ても、心が動かないらしい。恐ろしい男だ。六連が戻るまでの間、イトナは身動き一つできなかった。

「会うのは十年ぶりになるか？　安曇と共に、人質になるべく甘露宮に行った時――蘇真人の舞姫《ぶき》の子など要らん、と黒鉄大王に送り返された日以来だ」

ふん、と六連は鼻を鳴らす。

六連の髪は、黒くない。濡羽《ぬれば》色の未央の髪と比べれば、色の明るさも、紅さも顕著だ。

（やっぱり――蘇真人の髪は紅いんだ！）

それが蘇真人の血に由来した特徴ならば、澄泉の山で殺された子供の髪の紅さの理由も同じなのだろう。答えの望めぬ問いに、思いがけないところで答えが出た。

「その話はよして。それで、話というのは？」

「おぉ、そうだ。驚くなよ。――今、日向の二千の兵が、この山に迫っている」

「……日向の兵が？　この山に？」

未央は、六連の広い背の傷を縫いながら怪訝そうな声を出した。

「甘露宮は、落ちたぞ」

イトナは、ぽかんと口を開けていた。

話が、唐突に過ぎる。甘露宮は、天壺国の星都にある王の住まいだ。そこが落ちたとすれば、国が滅びたも同然だろう。

（どういうこと？）

千年続いた国が、今はない――など、にわかには信じられない。

「順を追って話して。大王は日向との国境に出兵していたはずよ。敗れたの？」

「あぁ、黒鉄大王は我が軍に敗れた。とどめに蘇真人らに背後を衝かれて壊滅状態になっている。――自業自得だな。勢いに乗った日向軍は星都に至り、甘露宮を落とした。黒鉄大王も、その一族も、すべて安曇に殺されている。全滅だ」

ぱちり、と傷を縫った糸を切る音がして、六連は小さくうめき声をもらす。

「それは、いつの話？」

「三日前だ。安曇は、戦の指揮を執っていた兄上を殺し、本国にいた父上まで毒殺した。今や甘露宮の主に収まっている」

唐突に唐突が重なる話で、まったく真実味がない。

遠い昔の神話でも聞いているような気分だ。敵の一族を殺し尽くし、自身の父や兄まで殺して王位に就く男など、今のこの世に存在するとも思えない。

「その安曇が、なぜ鳳山に？　ここは、軍事的に重要な場所では――」

「天の雫がある」

六連の腕の傷に膏薬を塗っていた未央の手が、ぴたりと止まる。

遠く聞こえていた話が、にわかに他人事ではなくなった。

天の雫。神威示す秘薬。一穂五臣に名を連ねる東星方の大王の証。

たしかに、ここにはある――ことになっている。

「天の雫を……安曇が……」

「ヤツは、父上と兄上を殺した罪ばかりか、黒鉄大王殺しの罪までオレに被せて、刺客を放ってきた。返り討ちにはしたものの、今や国に追われる身だ。だが、なんとしても安曇を止めねばと思いここへ来た。あの極悪人が東星方の大王になれば、血の雨が降る。絶対に渡してはいかんのだ」

未央は淡々と手当を続け、腕に布を巻いている。

だが、心の平静は保たれてはいないのだろう。小さく、指先は震えていた。

「彼と――安曇と、話がしたい」

「よせ、殺されるぞ。安曇は甘露宮に交渉を持ち掛け、騙し討ちにして王族を皆殺しにした男だぞ？——選べ、未央。天の雫を持ってオレと逃げるか、簒奪者《さんだつ》の安曇に天の雫を差し出すかだ」

「六連。天の雫は——」

「この山にはないんだろう？」

未央の手が、止まる。

イトナの胸も、どきりと跳ねた。

（知られている……？　どうして？）

天壺国の大王が即位する度に、七穂帝に献上されてきた天の雫。実際は八百年前に薬箋が失われている——と知る者は限られる。甘露宮の王族でも、知らぬ者がほとんどだ、と未央に聞いた記憶があった。他国の者が、知っていて当然の情報ではないはずだ。

「ええ、ないわ。けれど、完成が近い」

未央が事実を認めたことに、イトナはぎょっとした。

だが、これは人同士の駆け引きだ。なにか考えがあってのことに違いない。驚きは顔に出さぬよう努めた。

「必要なものを言え。運び出そう」

「この山のすべてが必要よ。持ち出せるような規模じゃない。——それに、私は逃げるわけにはいかないの。山を守る義務がある」

「では、安曇の手に天の雫を委ねるのか？　騙し討ちでお前の国を滅ぼした男だぞ？　一族を皆殺しにした仇だ！」

安曇か、六連か。

どちらにつくか選べ、と未央は迫られている。

その選択次第で、鳳山の運命は大きく変わるだろう。

（安曇は怖い。でも……六連も怖い）

答えが出せるのは、未央しかいない。

どくん、どくん、と大きく心の臓が脈打つ。

こんな恐ろしい事態は、夢であればいい。嘘であればいい。

空しい願いを打ち砕くような音が、イトナの耳に入ってきた。

「人の声……たくさん……火が――」

イトナは、麓を指でさした。

蛍の灯りとは違う灯りが見える。あれは、松明の火だ。澄泉の森で見た火を、思い出さずにはいられない。ちらちらと動く火。血のにおい。腐臭。そして、子供の骸。あれは、死を誘う恐ろしい火だった。

あ、と未央が声を出したので、人の目にも火が見えたのだろう。

「イトナ、数は？」

未央に聞かれ、イトナは目をこらし、耳を澄ませてから「火は五十くらい。人は三百より多い」と答えた。

六連は、まず「喋るのか」と驚き、次に「わかるのか」とも驚いていた。

「未央、逃げるぞ。必要なものを運び出せ。できる限りで構わない」

「……いえ、逃げはしない」

「そんなことを言ってる場合か！　殺されるぞ！」

ぐい、と六連が未央の手を引く。その強引さに、桃葉が「ひっ！」と細い悲鳴を上げた。

「放しなさい、六連！　私が何者かを知らないの!?」

未央の一喝で、六連の手が離れた。

「……悪かった。清らかな乙女たる斎宮様だったな」

「必要なものを持ち出すにせよ、交渉するにせよ、院に一度戻るわ」

「よし、手伝おう」

未央は、院に戻ると決断した。

イトナの出番はない。ついていくわけにはいかない。わかっている。けれど、今は未央と離れるのがつらい。

「桜良、貴女はイトナを連れて、沢下《さわしも》の村に行って。私の薬箱も、貴女に預けるわ」

「は、はい！　お任せください！」

涙目になった桜良が、コクコクとうなずく。

「イトナ」

未央が、イトナを呼ぶ。

夜空の色の瞳に見つめられた途端、涙が溢れた。

「未央様……行くの？」

「あとから、必ず行くわ。でも、明日の朝に間にあわなかったら、今日と同じ薬湯を、自分で用意して。わかるわね？」

涙を袖でぬぐい、こくり、とイトナはうなずく。

「私のことは心配しないで。……大丈夫。気をつけて、未央様」

「ありがとう。行ってくるわね」

未央は優しく笑んで、イトナの紅い髪をそっと撫でる。

見つめあっていたのは一瞬で、未央は桃葉に「貴女は、私と一緒に来て」と頼むと、鳳翼院を目指して走り出した。

桜良は、未央たちの背が見えなくなるまで立ち尽くしていたが、突然、自分のふっくらとした頬を、パン！　と叩く。

「桜良……？　どうしたの？」

「イ、イトナ様は、私が、か、必ずお守りします！」

震える声でそう言うと、桜良は未央が置いていった薬箱を背負い、右手でイトナを抱き上げた。桜良は「大丈夫ですよ、お守りします」と何度も繰り返していた。イトナは、桜良にしがみつきながら、祈った。神をもたないイトナが頼れるものは多くなかったが。

　それでも、なにかに祈り続けた。


沢ぞいに、ひたすら北側へ、麓へ、桜良は走り続けた。

たどりついたのは、十ほどの家屋が集まる場所だ。これが沢下の村なのだろう。

「有事です！　有事です！」

桜良は、集落の前で叫んだ。

家々から人が出てくる。数人いるが、例外なく全員が白い着物を着、髪を耳の下で切り揃えていた。全員が白髪だ。園司は、四十を越えると蓬萊園を出る。山内の別の場所で働くようになると聞いていたが、ここがその場所なのかもしれない。

「桜良？——まぁ、貴女、どうして……」

　奥の家から出てきた一人が、駆け寄ってくる。その顔には見覚えがあった。

「あぁ、石根さん！　た、大変なことに……とにかく、大変で……とんでもなく恐ろしいことに……」

「一体なにが……まずは、中へ。話は落ち着いてから聞く。——まぁ、イトナ様！　あぁ、お懐かしい。さ、こちらへ」

石根は、桜良の前任の園司だ。懐かしい顔に会い、イトナはわずかな安堵を得る。

イトナたちは、石根が案内する家に入った。

中では数人の老女が、ゆったりとした動きで、繭床を用意しだしていた。加工する前の竹や、編みかけのものも置いてあったので、ここで繭床が作られているのかもしれない。

桜良は、囲炉裏の前で「失礼します」と断ってからイトナを下ろし、背の薬箱も下ろしてから、床にごろりと身体を投げ出した。胸が大きく上下している。ここまで駆けどおしだったので、無理もない。

イトナの身体には傷一つないが、桜良の身体には木の枝でついた擦傷があちこちにあった。人の世のことは人が話すものだが、ここは休ませてやるべきだろう。イトナは桜良に代わって経緯を説明した。

「日向国の兵が、鳳山に迫っているの。すぐそこまで来てる。甘露宮は落ちて、大王も殺されてしまったって」

「そ、それは、まことでございますか？」

石根は戸惑いを顔に出し、周りにいた老女たちも小さく声を上げている。

驚き、信じがたいと戸惑う。先ほど、イトナも経験した心の動きだ。

「日向国の第二王子が、山の中に入ってきてそう言った。二千の日向兵を率いているのは安曇——日向の第三王子だって。安曇が、日向国の王も、王太子も、天壺国の大王も、王族も、みんな殺してしまったって言うの」

「山の中に……入ってきたのですか？　日向の王子が？」

「うん。未央様とは顔見知りだったから、間違いない」

鳳山に男が侵入したことは、彼女たちにとってよほど衝撃的なことであったらしい。悲鳴じみた声が上がっていた。鳳山は、天壺国の権威に守られてきた場所だ。それが崩れたと知り、国の滅亡が、恐怖とともに実感できたのかもしれない。

「斎宮様は、今どちらへ？」

「鳳翼院に戻った。あとでここに来るって」

今のイトナに伝えられることは、これくらいだ。一通り伝え終えると、どっと身体の力が抜ける。

「承知いたしました。イトナ様は、斎宮様がこの村においでになるまで、どうぞお休みください。匙子様のお務めは、お身体を養ってこそでございますから」

石根は、動揺を押し殺した態度で「どうぞ」と繭床を示す。

休むのは難しそうだが、たしかに疲労は感じている。そうと意識すると、ひどく身体が重く感じられてきた。

老女が用意してくれた繭床に、イトナは入る。真新しい竹のにおいに包まれると、深い呼吸ができるようになった。

（……これから、どうなってしまうのだろう）

千年続いた国が、滅んだ。

この鳳山が今後どうなるのか、イトナにはまったく想像がつかない。

「お休みください、イトナ様。大丈夫ですよ。すぐに斎宮様もおいでになりますからね」

桜良が、繭床の蓋を閉めた。

ぎゅっと閉じた瞼の裏には、松明の灯りが焼きついている。

内門より上にいるのは、入道した女ばかり。人数は、百五十人ほどだろう。山に迫ってきた兵士の数は、イトナの耳で数えられただけでも三百程度。六連の話では、その後ろには千七百の兵がいるらしい。彼らは、武装した、男の兵士である。敵うわけがない。

施薬院と外門周辺には、男の山兵が五十人。近隣には王兵が守る砦もあるはずだが、ここまで敵兵に接近を許している今、機能は失われているのだろう。

（未央様、どうか無事で……）

きっと未央ならば、なんとかしてくれる。最善の道を選んでくれる。

そう信じてはいるが、考えれば考えるほど恐怖は募った。

安曇は、恐ろしい男だ。未央の身にもしものことがあれば――

（生きていけない）

イトナは、嘆きの中で死んでしまうだろう。

藺床の中で、イトナは身体を丸めながら、未央の無事を祈る。

「火が……！　燃えています！」

人の声が――家の外から聞こえた。

パッとイトナは瞼を上げ、藺床の蓋を開ける。

バタバタと足音がして、老女たちが外に向かうのが見えた。

「桜良！　私も外へ行きたい！」

「き、危険です」

「もうなにをしたって危険だもの。せめて、なにが起きているのかだけでも知りたい！　知らぬまま死にたくない！」

桜良は、あれこれ考える様子を見せたあと「わかりました」とうなずいた。実際、なにが危険で、なにが危険ではないのか、判断しようがないのが現状だ。

外に一歩出れば、二十人近い数の老女たちが、揃って山の上を見ていた。

口を開けて立ち尽くす者もいれば、その場にへたり込む者もいた。

――火だ。

山が、燃えている。

「あぁ……」

燃えているのは、山頂に近い場所だ。

その場所になにがあるかを、この鳳山にいて知らぬ者はない。

恐怖に、イトナは言葉を失った。

(ヨハタが――)

蓬莱園が、燃えている。

木造の繭舎に、並んだ竹の繭床。火の前ではひとたまりもない。

「助けないと……」

イトナは、桜良の腕から逃れようとした。

行かねば。助けなければ。

ヨハタを合繭から、出してやらねばならない。

いつもヨハタがそうしてくれたように、繭の蓋を開けて。

「いけません！　イトナ様……！」

「助けにいかなきゃ……死んでしまう……！」

ヨハタだけではない。

鹿青の年生まれの、まだ合繭に入っていない仲間たち。ヤツトや、ココノミ、トトナ。鳳翼院とて、無事ではないかもしれない。匙子の仲間たちの命も危うい。猫たちも。

イトナがもがくのを、桜良は「いけません！」と必死に止めた。

「行ってどうするのです？　死ぬのはイトナ様の方です！」

「それでもいい！　死んだっていい！」

「イトナ様が死んだって、雛子様は助かりません！」

桜良も、頭に血が上っている。歯止めが利かなかったのだろう。泣きながら「そのお身体で、なにができるっていうんです!?」と叫んだ。

なにもできない。そんなことは知っている。

人より小さな身体。細い手脚。蓬莱園まで、自力でたどりつくことさえできない。たどりつけたところで、彼らと一緒に焼け死ぬのが落ちだ。

「でも、ヨハタが……ヨハタが死んでしまう！」

「匙子様ほど――斎宮様の匙子様ほど貴いものはおりません！」

桜良は、顔をくしゃくしゃにしたまま、そう言った。

合繭に入った雛子一人と、斎宮の匙子を秤にかければ、匙子の方が重い。それが園司としての桜良の判断なのだろう。

ならば、他の園司もそう判断する。

誰も、ヨハタを助けない。

(未央様も……？　いえ、違う。未央様なら、きっとヨハタを――みんなを、山を、守ってくれる！)

助けてくれる――はずだ。きっと、未央ならば。

イトナは未央への信頼を心の支えにして、多少の冷静さを取り戻した。

この村で待つのが最善。当たり前だ。信じて待つ以外の道などありはしない。

「ごめんなさい。……ここで未央様を待つ」

安堵したのか、桜良は泣きながら「ありがとうございます」と言っていた。

「訓練どおり、役目を果たすのです！　これからは、難を逃れた皆様がいらっしゃいます。訓練どおりに動くよう！」

石根が指示を出し、老女たちが各々動き出す。

イトナが繭床に戻ろうとした頃、外がまた騒がしくなってきた。聞こえる声の数が倍ほどにも増えたので、石根が言っていたとおりに、避難してきた一団が到着したようだ。

「イトナ様！　ご無事ですか!?」

耳に馴染んだ声を聞き、イトナは戸の方を振り返る。

戸を開けて入ってきたのは、葵衣である。

沢に向かう未央一行と、施薬院へ向かう蓬生と葵衣は、階段の途中で別れている。ほんの三刻前の話が、ひどく遠く感じられた。

髪の乱れ様から、葵衣が施薬院から駆けてきたものと想像できる。息も荒い。

「私は無事。葵衣も、無事なのね？」

「はい、お陰様で。施薬院は日向兵に囲まれましたが、なんとか隙をついて脱出できました。斎宮様は、鳳翼院へ？」

イトナは、こくりとうなずいた。

桜良が、葵衣に水の入った椀を差し出す。葵衣は、一気にそれを呷《あお》った。

「うん。鳳翼院に戻った」

「では、私も鳳翼院に参ります。蓬生様が到着しましたら、こちらはお任せしたいとお伝えください」

葵衣は息も整わぬまま、一礼して部屋を出ていった。

ここでやっと、今後起きるであろうことがイトナにも想像できた。

燃える蓬萊園から逃れた人たちが、ここに来る。怪我や火傷を負った者も多いはずだ。

繭床で休むよう桜良には勧められたが、じっとしてはいられない。未央の薬箱から薬鉢を出し、馬油を用意した。ここに月草や、白芯草《はくしんそう》の粉末を混ぜ、火傷に効く膏薬を作る。

匙で膏薬を混ぜていると、蓬生が到着した。

「施薬院にいた日向兵は、撤退いたしました。上の火さえ消えてくれれば……」

言いながら、蓬生は額の汗を拭った。

汗をかくほど走ったのだろうが、蓬生の顔は青白い。階段の半ばで別れた時、蓬生の傍にミツヤはいなかった。鳳翼院にいるはずだ。今すぐ助けに行きたいという思いがあるはずだ。

しかし、蓬生の願いを許さぬ勢いで、続け様に患者が現れる。

鳳翼院にいた雑司たちだ。先に軽傷の者が自分の足で村に入り、しばらくして担がれた者も運ばれてきた。

イトナが用意した膏薬は、あっという間に消えてしまった。

蓬生と、施薬院の雑司たちは処置に奔走し、イトナは必死で膏薬を作り続けた。

二刻近く、そうしていただろうか。

家は患者で溢れ、老女たちによって、処置の終わった者から別の家に案内されていく。

その流れに逆らって、飛び込んできた者があった。

「蓬生様！　繭床をお願いします！」

入ってきたのは、髪を乱した葵衣であった。

胸に、白い絹の包みを抱えている。

ちらり、と見えているのは、紅い――髪のように見えた。

(まさか――)

蓬生はあとの処置を助手に頼み、葵衣から包みを受け取った。

震える蓬生の手から、絹がはらりと下に落ちる。

露わになったのは、目を閉じたミツヤだった。――息をしていない。

「あぁ……ミツヤ……！」

悲痛な嘆きが、部屋に響く。蓬生はミツヤの骸を抱えて、その場にへたりこんだ。

葵衣は青ざめ「村が見えたとお伝えした時は、まだ……」と呟く。

「ミツヤ！　あぁ……ミツヤ……嫌よ。私を置いていかないで……！」

イトナは、蓬生の腕に抱かれたミツヤに近づく。

ミツヤの顔は、煤《すす》だらけだ。紅い髪は縮れている。炎の中から、命からがら逃れた様がうかがえた。

「ミツヤ……」

今朝、イトナはミツヤと会話をしている。

ミツヤは言っていた。今は蓬生様といられるから幸せ――と。

ある予感が、イトナの中に生じている。

この死は、ただミツヤ一人を襲ったものではない。

――死の、においがする。

じわじわと、山に闇が迫っているのだ。

イトナは、蓬生に慰めの言葉をかけることができなかった。

足を少しでも動かせば、イトナもすぐに闇へ呑まれるだろう。

慟哭は、別の場所からも聞こえた。運ばれた園司が、息を引き取ったようだ。

（膏薬を……作らないと……）

せめて蓬生が悲しみに沈む間だけでも、作業を代わってやりたい。ミツヤの優しさに報いるのに、他の方法が見つからなかった。

突然、ずん、と胸に重さを感じる。

鈍い痛みが、じわじわと広がってきた。

「死なせて……疾風《はやて》様と一緒に死にたかった――！」

外から聞こえた声は、きっとヒハタナだ。疾風は薬師で、ヒハタナはその匙子だ。

疾風が死んで、その死を嘆いているのだと推測する。

（あぁ……なんてこと……）

死の闇に――山が呑まれてしまう。

胸が、苦しい。イトナは、がくりと膝をついた。

重いものに圧されるような痛みに、全身が呑まれていく。

（未央様――未央様……助けて――）

桜良の声を遠くに聞きながら、イトナは意識を失った。


夢を、見ていたような気がする。

とても穏やかで、幸せな気持ちだったはずなのに、泡沫のごとく消えてしまう。

曖昧な記憶と、痛みとが重なり、はっきりと覚醒するまでには時間が要った。

（ここ……沢下の村だ……）

目覚めたのは、囲炉裏のある部屋の、屋根裏らしい場所だった。天井が三角になっていて、壁際には両面いっぱいに棚がある。一階は患者で溢れていたので、藺床ごと運ばれたようだ。

「あ……」

未央が、そこにいる。

薬湯が置いてあり、未央はすぐそこに座っていた。

顔に小さな傷があり、白い着物はあちこちに繕いのあとが見えた。それでも、未央は生きている。

「イトナ……無事で、よかった」

出された薬湯をイトナが一口飲んだあと、未央が言った。イトナは涙をこぼして、

「……未央様も、無事でよかった」

と口にした。嘘はなかったが、重い言葉であった。

匙子を失った薬師や、薬師を失った匙子もいる。彼らの死を思えば、喜びをもって声にすることも憚《はばか》られる。

薬湯を飲み終え、イトナは深く呼吸をした。

鳳山でなにが起き、どうなったのか。これから、知らねばならない。

イトナは呼吸を整えてから「教えて」と頼んだ。

「蓬莱園に火が放たれ、蓬莱園のすべてと、鳳翼院の半分が焼失したわ。……雛子も、匙子も、みんな死んでしまった。……火の回りが早くて、間にあわなかったの」

未央は、静かな声で告げた。

何度か浅い呼吸を繰り返す間、イトナはなにも言えなかった。

想像を絶する事態である。

「みんな……？」

雛子も、匙子も、すべて。

昨日の夜までは生きていた、蓬萊園の住人がもういない――焼け死んだ者ばかりでなく、この沢下まで逃れた者まで、すべて死んだ――とは信じられない。信じたくない。

「園司長を含めて、園司も半数が亡くなったわ」

なんという惨事だろう。

薬湯を飲んで、温かくなったばかりの手脚が、熱を失う。

「どうして……」

イトナには、理解ができない。

なぜ、雛子は死なねばならなかったのか。

自分たちが、一体なにをしたというのだろう。

「わからない。日向兵は、なんの要求もせず帰っていったから」

「わからないのに……みんなは殺されたの？」

「そうよ。ただ、殺されたの」

理由もなく、殺された。

昨日の夕までは、そこに日常があったというのに。

雛子も、園司も、ただ蓬莱園を正しく守っていただけだ。天照日尊に矢を放ったわけでもない。反乱を起こしたわけでもない。

「どうして……なの？」

理解のしようがない、まったくの理不尽だ。

「イトナ。相手の動機がどこにあるかを、理解する必要はないわ。対話を抜きにして、彼らは蓬莱園の内部に火を放った。雛子を殺そうとして殺したのよ。園司も巻き込んだ。それだけわかっていれば、十分だわ」

未央の声は静かだが、強い怒りは伝わってくる。

暴力の動機を、理解する必要はない。たしかにそのとおりだ。

しかし、そうだとしても呑み込めない。

「雛子が……人と同じ身体をしていたら、逃げられたかもしれない」

半数の園司が死んだ。しかし半数は生き延びているのだ。

雛子が人の姿さえしていれば、全滅だけは免れたのではないだろうか。

「助けられなかったのは、私の責よ。雛子を天から預かる者として、なんとしても守るべきだった」

イトナの目から、涙が、一粒。あとは、次々と溢れてくる。

失ったものが、あまりにも大きすぎた。大きすぎ、取り返しがつかない。

「日向の兵が来たのは、天壺国が滅びたからなの？　それとも、天の雫が間にあわなかったから？」

「……わからないわ、イトナ。私は、天の雫で天壺国を立て直したかった。けれど、天の雫があってもなくても、結果は変わらなかったのかもしれない」

未央は、安易な結論を避けているように見える。

その慎重さが、イトナにはもどかしい。

「誰が悪いの？　誰のせいで、こんなことになったの？」

「国を滅ぼしたい人なんていないのよ。どこにもいない。この十年、皆が必死だった。大臣たちも、豪族たちも、それぞれに戦った。――私も。そして貴方も」

イトナは、天の雫を作れば国を守れるものだと思っていた。

疑問を持ったことはない。未央がそう言っていたから、そうだと信じた。

「それでも……駄目だったの？」

「えぇ。残念だけれど」

天照日尊を救った雨芽薬主の末裔が治める国で、蓬萊の薬草を育て、生きてきた。

国を助けるために、天の雫を作る道を選んだ。

イトナの人生は、正しさの中にある――と信じてきた。

どこに間違いがあったのかが、イトナにはどうしてもわからない。

「どうすればよかったの？　どうすれば山は焼かれなかったの？」

「わからないわ。我々は、神ではないから」

涙を拭う。だが、拭っても、拭っても、涙はハラハラと流れてくる。

「天の雫が無駄だったなら――ヨハタと一緒に死にたかった」

なに一つ、間違ってはいないと信じていた。

国のために、未央のために尽くすのが正しいと思ってきた。身体まで変え、命も懸けた。それが無駄だと知っていれば、そんな道は選ばなかっただろう。

そうすれば、昨日、ヨハタと一緒に合繭に入っていたのは、自分だったはずだ。

一緒に死ねた。あの蒼い瞳を、心から美しいと思いながら。

「イトナ……そんなことを言わないで」

「匙子になんてならなければ――こんな目には遭わなかった！」

握りしめた拳で、床をドン！　と叩く。

重なるようにトントン、と梯子の方から音がして、桜良が、

「お話し中申し訳ありません。葵衣様がお呼びです」

と遠慮がちに未央を呼んだ。

「イトナ、ごめんなさい。話はあとで。――桜良、イトナをお願い」

桜良が返事をして、屋根裏に上がってくる。そのいつもは明るい顔には、憔悴《しょうすい》の色が濃い。彼女も園司の仲間を大勢失っているのだ。

未央が立ち上がり、梯子の方に向かう。

屋根裏の端に積まれた資料が目に入った。――あの、檀に置かれていた青い壺も。竹簡や、製薬道具も、そこに積まれている。

カッと頭に血が上った。

そして、なにを考える間もなく、

「薬壺は運べたのに、雛子は助けられなかったの？」

と口にしていた。

こちらに背を向けていた未央が、振り返る。

未央がなにかを言うより先に、桜良が「イトナ様！」と窘めた。

「さ、斎宮様が、雛子様を見殺しになさったと――本当に……本当に、そのようにお思いですか？」

桜良は、泣いていた。

仲間を失った悲しさに、軽重などない。

桜良も悲しい。イトナも悲しい。そして、誰より守るものの多かった未央の悲しみとて、浅かろうはずもなかった。

（そうだ。未央様が、みんなを見殺しになんて、するわけがない）

助けたかったに決まっている。昨日と同じ今日を、今日と同じ明日を、鳳山を預かる者として、雛子にも、園司にも、与えたかったはずだ。

力を尽くし、けれど及ばなかった。そんな未央の背に、イトナは石を投げた。決して、してはならないことをしてしまったのだ。

「未央様……ごめんなさい……！　未央様は、悪くない！」

イトナは、泣きながら、しっかりと未央に向かって腕を伸ばした。

未央が駆け寄り、しっかりとイトナの身体を抱き締める。

今更気づいた。未央の手には、包帯が巻かれている。手だけでなく、腕にも。

後悔に苛まれ、イトナは「ごめんなさい」と繰り返す。

「私の弱さが、招いた事態よ。私の責だわ」

「違う！　悪いのは、山を焼いた人！」

怒りと悲しみを持て余して、イトナは傷つけるべきではない人を傷つけた。もう一度「ごめんなさい」と繰り返す。

「イトナ。私は、まだ諦めてないの」

「え……？」

耳元で、未央が囁く言葉にイトナは驚いた。

「天の雫を作りたい」

「……どうして？　もう天壺国は滅びてしまったのでしょう？　それに、薬草畑だって焼かれてしまった」

「まだ、あるわ。この沢下で、育ててきた畑がある」

「薬草畑が？　じゃあ……できるの？」

「ええ。天壺国が滅びた今、次の大王は、天の雫を持つ者よ」

この体勢では、イトナに、未央の顔は見えない。

けれど未央の目が、遠いなにかを鋭く見ているのはわかる。

「天の雫を作れば……大王を選べるの？」

「ええ、そうよ。東星方に平和をもたらす者を、大王に据えることができる。力を持てるの。山を焼いた者に、報復だってできるわ」

悲しみに呑まれそうだった心に、萌《きざ》したものがある。

胸に痛みを覚えるより早く、その高揚は身体を駆け巡った。

「誰なの？　安曇？」

「まだわからない。でも突き止めるわ」

「……山を焼いた者を、許さない」

「ええ、もちろん。同じ目に遭わせてみせる。——天に誓って」

失ったものは戻らない。けれど、そのあとの生き方は選び得るのだ。

泣き寝入りするか。仇に報いるか。迷うまでもなく答えは出た。

触れあった未央の身体から、力強い鼓動が聞こえる。人と匙子の鼓動の拍は違うが、それが交じりあうように思われた。

「未央様。私、諦めたくない。天の雫を作りたい」

「ええ、やりましょう。私たちならできるわ、必ず」

未央は、いっそうしっかりとイトナの身体を抱き締める。

悲しさと虚しさで空いた、心の洞が満たされていくのを感じた。

(残る命のすべてを使ってもいい。……仇を討ちたい)

強い意志が、イトナの心を強くする。

後悔を残さずに死にたい。未央の匙子になってよかった、と思いながら死にたい。

死の闇の中、一筋の光明が見える。

悔いなき死への一歩を、イトナは改めて踏み出したのだった。


細い煙が、天に向かって伸びている。

桜良に抱えられたイトナは、沢下の村を見下ろしていた。

「あの煙は、なに？」

イトナは、村の奥から立つ煙を指さした。

「骸を焼く煙でございますよ、イトナ様。この村には、骸を焼く大きな窯があるのです」

「……そう」

「園司の墓は、あの窯の向こうにございます」

元園司の老女たちは、墓守《はかもり》、と呼ばれていた。ここは、鳳山で暮らす人たちが弔われる場所なのだと昨日聞いたばかりだ。

「雛子の墓は、どこにあるの？」

「私は存じません」

返ってきた答えが意外で、イトナは目をぱちくりとさせた。

「わからないの？」

雛子には、神に祈る習慣も、死者を悼む習慣もない。けれど人は違う。未央など日に二度は檀に手をあわせる。だから、人の園司がそう答えたのが意外であった。

「園司には、知らされていないのです。お送りした雛子様を悼む気持ちは、墓に参るよりも、目の前の雛子様のお世話で示せと教えられますから」

桜良はイトナを見て、少し悲しそうに微笑んだ。

「じゃあ、ここで祈っておく」

火災から、五日。まだ煙は絶えていない。

イトナは、静かに手をあわせた。死んでいった者たちに、いずれ仇を討ってやる、と伝えたい。そんな気持ちを、祈りにこめて。

今日は、風が強い。煙は傾いでいて、イトナの紅い髪も千々に乱れる。

「さ、イトナ様、参りましょう」

二人が向かっているのは、未央が言っていた沢下の薬草畑だ。

蓬莱園より小規模ながら、蓬莱園にしかないと聞いていた薬草のほとんどが、その畑で栽培されている――らしい。

天の雫の作製は、急務だ。幸いにして、薬工房は災の被害を受けておらず、すぐにも作業は再開できる見込みである。そこで、さっそくイトナが薬草を摘みにいくことになったわけだが――

(本当に、そんな場所があるの……?)

実際にこの目にするまでは、信じがたいものがある。

――風に乗って、薬草のにおいが鼻に届いた。

林の中の細い道の向こうに、木の柵で囲われた薬草畑が現れる。

「あぁ、ここでございますね。……まぁ、まぁ、本当に蓬萊園のような……!」

桜良も、沢下の薬草畑の存在は知らなかったようだ。驚いてきょろきょろとしている。イトナも幻を見るような思いで、目を丸くしていた。

(蓬萊園の薬草畑と同じだ……嘘みたい)

雛子は、蓬萊園の薬草を千年守ってきた。枝に触れ、葉に触れ、その脈を感じることで、白肥と水の量を加減する。摘芯の時機や、摘み取りの日などを決める技能は、人が持たぬものだとばかり思っていたのだが。

この畑が蓬萊園の外にある以上、育てたのは雛子ではない。人にも雛子と同じことができていた、と認めるのは、少し面白くなかった。しかしながら、この畑なしには天の雫作製は継続できないのだから、臍をまげている場合ではない。

(でも、どれも弱い。……白肥が足りないのかな)

イトナは、難しい顔で一つ一つの薬草を確認していく。形は保っているものの、どれも小ぶりで、この奏木《そうぼく》などは、葉の数も少なく、枝も細い。

雛子の蓬莱園は、この人の作った畑よりも優れていた、と思えば一瞬の優越感は得られたが、まったく望ましい状況ではなかった。

「やっぱり、烏葉はない……みたい」

イトナは畑を一周して、ため息をついた。

蓬莱園とそっくりな薬草畑だが、肝心な、匙子の命を繋ぐための烏葉は見つからない。

未央から聞いてはいたが、落胆はある。

「左様でございますね……」

今は、翡翠糖の代わりに、未央の薬箱にあった、烏葉を発酵させた黒茶を飲んでいる。

黒茶は、新鮮な葉の採れない冬期間に飲まれるもので、ひとまず命を繋ぐには事足りる。ただ、新鮮な烏葉を使った翡翠糖が長期間飲めなければ、身体は徐々に弱るものらしい。今年の冬用の茶葉はまだ作られておらず、昨年の残りは、そう多くない。

匙子の寿命よりも前に、茶が尽きる。それだけはわかっていた。

(生きている間に鳳山を焼いた者さえ殺せれば――それでいい)

自分に残された命の短さを嘆くより、今は少しでも前に進みたい。

イトナは、すぐに使う薬草を淡々と摘み、桜良に渡した。

作業を終え、林の間の小道を戻る途中のことだ。

沢の橋を渡る直前に、桜良が「あ！」と声を上げた。

村に向かう人の流れの中に、知った顔を見つけたらしい。

「さ、さ、沙雪《さゆき》が……沙雪がおります！」

沙雪、というのは、桜良の妹だ。鳳翼院で雑司をしていたはずである。行方が知れなかったが、無事であったらしい。

「行ってきて。私は、ここで待ってるから」

「よ、よろしいのですか？」

「平気。動かずに、ちゃんと待ってる」

桜良はイトナを丁寧に下ろし、涙ながらに走り出した。

沙雪も桜良に気づいて「姉様！」と泣きながら手を振っている。

（……よかった。――そういえば、斗水《とみ》様はどうしてるんだろう）

桜良と沙雪が抱きあうのを見ながら、イトナは、未央の妹のことを思い出していた。未央には、同母の妹がいる。白銀王の謀反の頃は乳飲み子で、黒鉄大王が恩情をもって養女としたそうだ。未央との文のやり取りで、名だけは知っている。

（無事だといいけれど……）

六連は、甘露宮の王族は皆殺しにされた、と言っていた。しかし斗水はまだ十二歳だ。命を奪われずに済んだかもしれない——という希望が、頭の隅にある。

「おぅ、お嬢ちゃん。魚は好きか？」

ふいに声をかけられ、イトナは橋の下を見る。

そこに大男がいた。六連だ。

「……うん」

手には竿。傍らには魚籠。六連は釣りをしていたらしい。

（この人、いつまで山にいる気なんだろう）

六連は、安曇に追われる身だ。

父と兄を殺し、大王とその一族を弑逆《しいぎゃく》した濡れ衣を着せられた、と聞いている。天壺国が消えてしまった以上、鳳山も日向国の一部になっているはずだ。追われる身ならば、さっさと逃げるべきだろう。少なくとも、のんびり釣り糸を垂れている場合ではないように思える。

六連は、ミミズを針の先につけ、ひょいと放った。

「今、美味い魚を食わせてやるからな。麗しき姫君に、よろしく伝えてくれ」

六連が、親し気に声をかけてきた理由が、イトナにはわかった。

（この人は、未央様が好きなんだ）

未央が好きで、けれど相手にされていない。だから、近くにいるイトナに好かれて距離を縮めたい――といったところか。

「見るのは好きだけど、食べられない」

「じゃあ、嬢ちゃんは――ん？　嬢ちゃんか？　坊ちゃんか？　どっちだ」

こちらを見上げる六連の目は、明るい琥珀色をしている。

火にあたると、紅みがかった茶色だった髪は、いっそう鮮やかに見えた。

「どっちでもない」

イトナは正直に答えた。人と違って、雛子には性別がない。

だが、人の目には女児に見えるだろう、と想像はできた。外見が近いことは、イトナも自覚している。

「どっちでもない？　じゃあ、どうやって子を――いや、童《わらわ》にはわからんか」

「童じゃない。子を産む年齢になってる」

男女のどちらに見えようと構わないが、子供だと思われるのは嫌だ。イトナは律儀に、六連の間違いを正した。

すると六連は、まじまじとイトナを見て「そうか」と笑う。

「雛子は、どうやって子をなすんだ？」

「満月の夜に、一緒の繭床に入るの。そうしたら、子が生まれる」

イトナの言葉がよほど意外であったのか、六連は口をぽかんと開けた。それから、太い眉を訝しげにひそめる。

「ん？　それなら産む方が女だろう？」

「よく、わからない」

「お前の親は？　父親――いや、男も女もないなら、なんと呼ぶ？」

「親はいない。子を産んだら、雛子はそのまま死ぬから」

その時、針に魚がかかったらしい。六連は「おぅ」と声を上げ、くい、と竿を上げた。

宙で、魚が跳ねる。キラキラと飛沫が飛び、鱗が輝いた。

「じゃあ、きょうだいは？　それはさすがにいるんだろう？」

「いない。同じ年に生まれたら、みんなきょうだいだと思ってる」

釣られた魚は、魚籠に押し込まれた。

六連は、またミミズを針の先につけて、竿の先を放った。

「……おかしいぞ。二人が子を一人しか産まずに死んだら、代が替わる度に数は半分になる。それが千年も続くわけがない。生まれの近いきょうだいは、本当にいなかったのか？」

イトナは、首を傾げた。

合繭に入れば、幸せに命が終わる。それ以外のことは、よく知らない。番を持てば教えられるのかもしれないが、イトナが蓬萊園を出たのは、それ以前である。

（たしかに、それじゃあどんどん数が少なくなる）

繭舎の建物は、それほど新しくはない。数も十五だけ。それでいて、使われている空間は、半分より多い。半分、半分、と雛子の数が代を重ねる度に少なくなってきたとは考えにくい。

「でも、生まれの近い雛子は、きょうだいじゃない。ヨハタと、ムミツだったから」

「ヨハタ？　それは、雛子の名か？」

「うん。名前。私が、イトナで、五月十七日生まれ。ヨハタは四月二十日。ムミツは六月三日。そんなに近くない。それに、隣同士と番になるのが一番いいって言われてる。血が近い相手を避けるのは、人も雛子も変わらないはず」

六連は、釣り糸を引き上げた。

針に魚はかかっておらず、しかしミミズも消えていた。

「……雛子の名は、生まれた日か」

「うん」

「家畜みたいだな」

なにかが、胸を貫いた。

それはとても熱く、刺をもったなにかだ。

呼吸を乱すほどの痛みを、イトナは感じる。

「違う。私たちは――家畜じゃない」

「おっと。これは失言だな。未央には黙っていてくれ」

六連は、竿にくるくると糸を巻きつけた。もう釣りは終わりらしい。魚籠を持って土手を上がり、橋に上がってきた六連のその巨体に、改めて驚く。腕など、未央の胴ほどもありそうだ。

「六連は……未央様が好きなの?」

嫌な男だ。イトナは、この男が未央に好意を持っているのが気に入らない。

「まぁな。天の雫を手に入れたら、安曇を排してオレが大王になる。そうして、オレと未央の子が、そのあとを継ぐのだ。天壺国の旧臣たちもおとなしくなるだろう」

その説明は、好意の説明ではないように思える。しかし、番になりたい、と言っているのだけは間違いないだろう。

「でも、未央様には髪がない。切ってしまったから」

「なに、伸ばせばいいだけだ」

「人は、髪がないと子をなせないんでしょう?」

イトナの問いに、六連はよほど驚いたらしい。

かがんで、イトナの顔をまじまじと見つめてきた。

なぜ、そのような反応をされるのか、イトナにはわからない。

六連は突然、ははは、と笑いだした。

「髪は使わんよ。心配無用だ」

六連は、おかしな冗談でも聞いたかのように笑っている。

「では、未央様は、お子を産めるの？」

「産めるさ。まだ十八だ。これから二人でも、三人でも、産んでもらわねば困る」

今度は、イトナが六連の顔をまじまじと見る番だった。

髪を切った日、未央は自らの身体を変えたのだとイトナは思っていた。今の話が本当ならば、薬師や園司たちも、子は産めるのだろうか。

頭は混乱したが、一つの可能性がイトナをひどく動揺させた。

（未央様は、望めば子を産める……？）

匙子になったイトナと、髪を切った未央は同じだと思っていた。

しかし、六連の言葉を信じれば、イトナと未央とは違うことになる。

天壺国の王族は大勢死んだ。もし未央が天の雫よりも、血を残すことを優先する事態になれば、山を下りてしまう。

「……そんなの、困る」

「引き離しなどはしないさ。お前も未央と一緒に、甘露宮に来るといい」

「でも――」

その時、未央には夫がいる。いずれ子もできる。

イトナの立場は、どうなっているのだろう。

（私は……なにになるの？）

薬師と匙子という、深い絆は失われている。

では、愛玩用の生き物として生きるしかないのだろうか――

――にゃあ
猫のように――と思ったのと重なるように、猫の声がした。

幻聴ではない。たしかに、猫の声だ。

「猫……猫の声」

イトナは声に誘われるように、六連から背を向けていた。

鳳翼院にいた猫は、数匹が運ばれてきたが、あと十四ほどが行方知れずだ。チャブチも見つかっていない。逃げ延びたのか、焼け死んだのかはわからずにいた。

(もしかして……チャブチ?)

イトナは、我を忘れて林に走った。桜良に、動かない、と約束したことなど、すっかり頭から抜け落ちている。

(骸のにおいがする)

イトナは、くん、と鼻を動かした。

まだ、においが浅い。きっと絶命して間もない骸のはずだ。

木の陰に、麻の着物が見えた。

(……園司?)

顔も見えたが――知らぬ顔だ。

白い麻の着物を着ているので、園司だろう。帯の色は浅葱《あさぎ》色だった。

倒れている場所は、大きな岩のすぐ下。岩の上で足をすべらせたのだろうか。頭に大きな傷がある。

園司は、胸になにかを抱えていた。

白い絹で包まれたもの――誘われるように、手が伸びていた。

もし、雛子だったら。もし、生きていたら。そんな期待に、手が震える。

(生きていて……お願い)

絹をめくり――

「……ッ!」

イトナは、弾かれたように手を引っ込めていた。

(なに……なんなの、これ。生き物?)

驚きのあまり、イトナは腰を抜かしていた。

生き物――なのだろうか。

毛も生えていない、小さな、人に似た形をしたなにかだ。

(なんだろう……こんな生き物、見たことない)

イトナは、大陸の書物を多く読んでいる。実際見たことはなくとも、多くの生き物の形を知っていた。獅子、虎、河馬、孔雀。様々な猿猴。しかし、そのどれとも違っている。

肌は、雛子と変わらない。ただ、閉ざされた瞼は小さく、口は人の半分もない。

頭だけが大きく、歩行が不可能なほど足は小さい。――死んでいる。

「なんだ。骸か」

イトナを追ってきたのだろう。林に入ってきた六連が、イトナを助け起こす。

「死んでた……」

最初は気づかなかったが、イトナの足元には矢が突き刺さっている。

園司は、日向の兵に追われてここまで逃げてきたのだろう。あと少し。沢下の村まではもうすぐだったというのに。

「しかたない。落ちる城から逃げる者は、金目のものを巡って仲間割れをする。よくある話だ」

まったく見当違いのことを、六連が言った。

（そんなわけない）

園司の多くは、口減らしのために山に捨てられている。帰る故郷などないのだ。富の奪いあいなど起きるわけがない。

（おかしなことを言う。……やっぱり嫌な男だ）

イトナは、六連という人に対しての印象を改めて悪くした。こんな男が、未央を番にしたいと望んでいるのが許せない。

「イトナ様！　お捜ししましたよ！――あ……」

林の中まで追ってきた桜良は、園司の骸を見て青ざめた。

共に働く仲間であった園司の死。十分に重い衝撃だろう。しかし、それとは別種の緊張を、イトナは感じ取った。

「骸は、オレが窯まで運んでやろう」

六連が骸に近づこうとするのを、

「いけません！」

と桜良が、鋭く止めた。

桜良という人は、いつも屈託なく明るい。彼女らしからぬ態度に驚く。

「入道した女だからか？　もう死んでいるぞ」

「そ、それでもなりません。ご容赦ください。お気持ちだけ、ありがたくいただきます。……は、墓守を……村の者を、呼んできていただけますでしょうか？」

桜良は、丁寧に頭を下げた。

老女ばかりではないか、と不服を述べながら、六連は去っていく。

その場にいるのは、骸と、桜良と、イトナだけ。――それと、謎の生き物の骸と。

「……ご覧に、なりましたか？」

問いの意味は、わかった。

あの謎の生き物を見たのか？　と桜良は聞いている。

匙子に嘘はご法度だ。匙子だけの決まりではなく、雛子のうちから嘘をついてはいけない、と教えられてきた。嘘ばかりつくムミツを嫌悪する程度には、正しく生きてきたと思っている。

しかし、この場では嘘をつくべきだ。嘘をつくのが正しい、と確信できた。

「猫の声がしたの。でも、姿が見えなくて──そしたら、園司が……」

「……猫？　あぁ、猫……猫でございますか」

桜良の強張っていた表情に、安堵が浮かぶ。

イトナは園司の骸に向かって手をあわせ、横に並んだ桜良も、同じように手をあわせる。

目を閉じている間に、もう一度猫の声がした。いたのはミツヤが可愛がっていたホシクロであった。黒い毛に、星に似た白い毛が交じっている。

「さ、あとは墓守に任せましょう」

「うん。……桜良、あの矢がほしい」

イトナが指をさすと、桜良は「矢でございますか？」と怪訝そうな顔をした。

「人の使う小刀は大きいから。あれがほしい。生薬の種を割るのに使いたいの」

「左様でございますか。では」

桜良は、地面に刺さった矢を引き抜いてから、イトナを抱えた。

あとを追ってきた沙雪がホシクロを抱え、揃って村に戻る。

桜良は、死んでいた園司については、なにも言わなかった。どこで働いていたとも、誰だとも。蓬萊園の園司は、皆が姉妹のようなものであるはずなのに。

イトナも、聞かなかった。

ただ、悲しさは隠せなかったのだろう。村に帰るまでに、桜良は何度も袖で涙を拭っていた。


火災から、七日経った六月十二日。

怪我人が運ばれることはなくなったが、逃げていた猫は何匹か沢下の村に運ばれてきた。チャブチは、まだ見つかっていない。

イトナは、膏薬を薬鉢で混ぜながらため息をつく。

若く身軽なチャブチなら、きっと生きているはず——と信じているのだが。

未央が縁側に座り「少し休憩しましょう」とイトナに声をかけた。

そこに六連がぬっと現れ、未央に花束を差し出した。

「お前に似あうと思って、持ってきた。美しい花だろう？」

六連は、まだ村にいる。

焼け跡の片づけを手伝っているらしい。今は有事なので、山兵も内門の上に入っている。それに交じって、あれこれと手を貸しているそうだ。

(未央様が、六連なんかを好きになるはずなんてない。早く諦めたらいいのに！

……また日向の兵が来たら、今度こそ山が消えてしまう)

小さな未央と、大きな六連が、近い距離で向かいあっている。

イトナはそれが気に入らないが、案じるまでもなく、二人の間に流れる空気は、番らしさとは程遠い。

「花を無暗に摘まないで」

「姫君は花がお嫌いか」

「それは毒草よ。かぶれると思うから、洗ってきた方がいい」

六連は慌てて花束を放り投げると、沢へと走っていった。

しばらくして、腕を濡らしたまま戻ってくる。イトナはその真っ赤に腫れた腕に、膏薬を塗ってやった。

「……オレの妻になれ、未央」

焦りがそうさせたのか、この時の六連は、ずいぶんと直截《ちょくせつ》に言った。

恐ろしくなったので、イトナはサッと未央の背に隠れる。

未央は動揺も見せずに、包帯を巻き続けていた。

「私は、鳳山の斎宮よ。薬道に生涯を捧げたの。夫は持たない」

「状況がわかっていないのか？　天壺国の王族は、もう残っていない。オレと、お前で、手を組むんだ。天の雫を輝夜帝に献上しよう。そうすれば、東星方のすべてがオレたちに従う。仇も——安曇も討てるんだ。雨芽薬主の血だって繋げる。正しい人の道だろう？」

イトナは、六連の味方ではない。さっさと出ていってほしいと思っている。彼が未央に嫌われるのは望むところなので黙っているが、六連のやり方は悪手だ。

一言で言えば、敬意を欠いている。

それは、未央が最も憎むところである。

「私は鳳山の斎宮なの。なんと言われようと、ここは動かない」

「では、天の雫をオレに渡せ。すぐにも作り上げろ」

「天の雫ができる前に、貴方の首と胴が泣き別れになるわ」

六連の顔に、怒りが見える。

きっと、大声で威嚇をしたいのをこらえているはずだ。

「……いつ完成する」

押し殺した声は、太く、低く、それだけでもイトナは恐怖を感じる。

猫にさえ伝わったのか、イトナの近くにいた二匹の猫は奥へ逃げてしまった。

「万全な状態の鳳山でも、あと半年はかかったでしょう。今なら、それ以上かかる。どんなに急いでも、来年の春までは完成しないわ」

「馬鹿を言え。待てるか」

「だから、逃げてと言っているの。貴方は目立つわ。この山にいることは、すぐに甘露宮にも伝わる。安曇は、そこまで愚かな男ではないわ」

「あれは愚か者だ。オレには、五百の兵がある」

「安曇の兵は、二千なのでしょう?」

「数がすべてではない。国境の赤川谷《あかがわたに》では、四千の日向国が、七千の天壺国を見事に破ったぞ」

「戦はしない。我々は兵士ではないの」

六連は、ドンと足を踏み鳴らし、勢いよく立ち上がる。

「このままでは、西華方の轍《てつ》を踏む。安曇が大王になれば、東星方は瓦解する！」

捨て科白を残して、六連はのしのしと庭を横切って出ていく。

まだ巻き終えていない包帯が、ヒラヒラと舞っていた。

——西華方の轍を踏んではならない。

以前から、何度も聞いている言葉だ。

「……未央様……」

イトナは、不安を抱えて未央を見上げた。

「急がなければいけない。……大王の不在が長引けば、また争いが生まれる」

ふぅ、と未央は重いため息をついた。

鳳山の火災は、大きな悲劇だった。闇は、まだ去らず、さらに大きくなり得るのだろう。いずれは東星方のすべてを覆いかねない。そう未央は言っている。

これから、またどれだけの血が流れるのだろう。身震いするほどの恐怖だ。

イトナの肩を、未央が優しく抱いた。

胸が切なくなって、イトナは未央にしっかりと抱きつく。

――天の雫を、作らねばならない。

温もりに安らぎながら、イトナは幾度目かの決意を、新たにしたのだった。


沈鬱な空気が、流れている。

イトナは、焼かれた蓬萊園を見ていない。

見れば、心の臓が壊れてしまうような気がする。

あまりに大きな悲劇であった。あまりにも。乗り越えていくために、誰しもが、必死に足掻いている。

「――お暇を、くださいませ」

夜になって、屋根裏を訪ねてきた蓬生が、未央に言った。

イトナはもう繭床に入っていたが、耳に入ってきた会話に驚いた。しかし、同時に無理もないとも思った。ミツヤを失ってからの蓬生は、人に呼ばれても気づけぬことが度々あるほど、様子が違っていたからだ。

「……引き留めるのは、酷ね」

「九つで山に入りましてから、二十五年。薬師になってからは十五年。先代から当代まで、斎宮様にいただいたご恩は、一生かけても返し切れぬものでございます」

深く頭を下げているのか、蓬生の声は少しくぐもっていた。

「貴女には、たくさんのことを教えてもらった。感謝するのはこちらの方よ。でも、もう少しだけ留まれない？　どこに行くにせよ、世が落ち着くまでは――」

「もう、二度と早緑の使者に従いたくないのです。浪崗、澄泉、羽野――我らが数年かけて作った黒柘榴は、多くの――恐らくは千に近い数の命を奪いました。そうと決まったわけではない、と斎宮様はおっしゃいますが、千人を殺し得る毒は、大陸ならばいざ知らず、この八穂島では黒柘榴以外にございません。そして、黒柘榴を作り得るのは、鳳山をおいて他にないのはご承知かと。大規模な書庫の新設のために必要であった――と早緑の使者がおおせになったのは、嘘だったのでございましょう？」

「……わからない。今の段階で、断言できる材料は持っていないから。ただ、可能性は十分にあると思っているわ」

「報い――だったのです。山が焼かれたのは、人殺しの片棒を担いだ報いです」

報い、という言葉が胸に突き刺さる。イトナは繭床の中で、身体を丸めた。

早緑の使者が直近で来たのは、年明けすぐの頃だ。寒い日だった。

その時の黒柘榴は、多忙だった未央に代わってイトナが薬箋を書き、薬工に渡している。

書庫の資料を守るためだと信じて、疑いもしなかった。あの時はなんの咎めも感じず、猛毒を作る手伝いをしていた。

だが、澄泉の里で黒柘榴を見つけた時から、心は揺らいでいる。蓬生の苦しみは、イトナにも理解できた。

「貴女に罪はないわ。薬と毒は表裏一体。不可分なのは、私に薬学を教えた貴女の方がよく知っているはずよ。罪は、毒を用いた黒鉄大王と、諫められなかった私にある」

「いいえ、同罪でございます。私は、人を救うために、薬師になりました。人を殺すためではございません。……今後は、人を救う薬師としてだけ、生きていきたいのです」

　蓬生の声が、涙に曇る。

　多くの苦悩が、その言葉には滲んでいた。

「ここを出て、行くあてはあるの？　花藤郷《はなふじのさと》に戻るつもり？」

「花藤には戻りません。厄介者扱いされるだけですから。実は羽野に参りました折、土地の薬師と知りあいました。いつでも私を迎えてくれるそうです。……明日、発ちます。お世話になりました」

　涙を止め、蓬生は顔を上げたようだ。声の位置が少し変わった。

「薬剤も、道具も、持っていって。こんな時だから、他に渡せるものがなくて心苦しいけれど――」

「そのお気持ちだけで、十分でございます」

　蓬生が立ち上がった気配があり、足音が梯子の方に向かう。

蓬莱園にいた頃から、蓬生の教育を受けてきた。縁は深かった。別れはつらい。

滲んだ涙を袖で拭い、別れの言葉を、せめて一言なりと伝えようと思った。

蓋を開けようと手をかけた時——階下で大きな物音がした。

多少の物音は、二十人もの怪我人を抱えているので気にならない。だが、今の音は日常の一環とは思えぬものだった。

梯子がギシギシッと悲鳴を上げる。

いくつか音が続いて起きた。

（なに？　なにが起きてるの？）

一度下ろした繝床の蓋を、慎重に開けると——蓬生が、倒れていた。

胸には、剣が刺さっている。

強い鮮血のにおいに、肌が粟立った。

「……ッ！」

蓬生の身体に深々と刺さった剣を引き抜いたのは、六連である。

（どうして——六連がここに……？）

六連は、山兵の屯所《とんしょ》で寝起きしているはずだ。女しかいない沢下の村には、日中こそ出入りしても、夕には必ず立ち去る。夜間は衛兵が沢下の村を守っており、未央が寝所にしている屋根裏の警備は、最も厳重であるはずだ。

ここに六連がいる以上、衛兵も無事ではないだろう。

(未央様が……危ない!)

道を阻む者を排除して、六連は侵入してきた。蓬生まで殺している。未央の意思にそぐわない行為が目的なのは、簡単に想像がついた。

「姫君のご機嫌取りはここまでだ」

「近づかないで。……天壺国の王女の腹が欲しいのでしょう?」

未央は、自身の下腹に小刀をあてていた。そこは、人の子宮の位置である。

沈黙は一瞬だった。

「馬鹿な女だ。敵うと思うのか?」

未央が腹を突くより早く、六連の腕が小刀を弾いた。

「あ……ッ!」

六連は、暴れる未央を組み伏せ、馬乗りになる。

「最初から、こうしておけばよかったな。らしくない遠回りをしたものだ」

「嫌……ッ、放して!」

「オレの子を産め、未央。オレたちの子は、日向国の王の血と、天壺国の大王の血――そして蘇真人の血が入った、完璧な存在になる!」

ごくり、とイトナは唾を飲んだ。

覚悟を決め、繭床からするりと下りる。

六連は、未央の着物を脱がそうと必死になっていて、背後に気が回っていない。

交尾の前後に隙が多いのは、人も獣も同じらしい。
イトナは、短い矢を握りしめた。
沢下の林で拾った矢を短く切り、持ち歩いていたものだ。——毒を仕込んである。
いつか仇を目の前にした時、この手で殺すために用意しておいたものだ。
鏃《やじり》を包んでいた覆いを捨て、静かに、静かに、六連の背へと近づく。
（未央様は——私が守る……！）
ただ、一突きできればそれでいい。
強い毒だ。呼吸をいくつかする間に、絶命させられる。
「放して……！　お前に穢されるくらいなら、死んだ方がましよ！」
「蘇真人の血を、愚弄する気か！」
バシッと音がして、六連が未央の頰を打った。
イトナが、矢を握る手に力をこめた時——
「そこまでだ！　六連！」
一度も聞いたことのない、男の——若い男の声が響いた。
イトナは、弾かれたようにそちらを見る。
そこに、若い男が立っていた。六連ほどではないが、背は高い。武人だろうか。
長い髪は後ろで束ねられ、額には瑪瑙の額玉がある。
男が放った剣が、六連の身体すれすれの場所にぐさりと刺さった。

「あ……安曇……お前、いつの間に……！」

その名を聞いた途端、イトナの身体は強張った。

恐怖とも、憤怒ともつかぬ強い感情で、手脚が震えだす。

（安曇――この男が……）

梯子を上って、次々と兵士が入ってくる。

「六連。よくも東星方に留まれたものだな。今頃、大陸にでも逃れたかと思ったぞ！」

「安曇！　お前の悪事は天下に知れた！　大王になるのは、このオレだ！」

乱れた着物もそのままに、六連はいきなり壁に向かって走りだした。

ただ壁があるだけ――いや、違う。

そこには、木で打ちつけられた、通気戸がある。それは、人が通れるとも思えない小さなものだ。ところが――

「あ……！」

バキッと音を立て――巨体はその戸の周囲の壁を突き破った。

（嘘でしょう!?）

あっという間の出来事だ。

壁には大穴が空き、冷たい風が入ってくる。

「イトナ！……貴方、どうして……！」

未央が、イトナに気づく。

こちらに来ようとするのを「待って」と止めた。

「危ない。毒だから」

イトナは、まだ矢を握りしめている。

その震える切っ先は、安曇に向いていた。

六連が日向の第二王子なら、こちらは第三王子。なにを企んでいるかわからない。

「大丈夫よ、イトナ。矢をしまって。彼は私に危害を加えない」

「本当に？」

「ええ、絶対に。――そうでしょう？　安曇」

安曇は、肩を竦めて「請けあおう」と言った。

血まみれの覇王とも思えぬ声の調子が、かえって恐ろしい。

「忠義者の匙子殿。俺は半日駆けどおしで、元婚約者を助けにきたのだ。あの馬鹿を追い払った功に免じて、その物騒なものをしまってくれ」

もう一度、未央が「大丈夫よ」と繰り返したので、イトナは矢をしまった。

不意打ちもできない今、イトナがこの男を害するのは不可能だ。まして、この安曇という男は、六連と同じように武人であるはずで、身のこなしに隙がない。

「文は、読んでくれたのね？」

「あぁ、もちろんだ。全面的に、そちらの要求を呑もう。甘露宮内の薬草を鳳山に譲渡し、復興にも協力する。天の雫の作製に必要なものは、望むとおりに提供する。

その代わり、完成した暁には俺に――」

「違うわ。貴方が一穂五臣になるのではない。私が、天の雫で東星方の大王になり、政を貴方に委任するの」

安曇は「わかっている」とうなずいた。

（この男は、仇じゃないの……？）

安曇は、天壺国を滅ぼした男だ。

鳳山を焼いた男――ではないのか。

（どうして、未央様はこの男と手を組もうとしているの……？）

二人の会話から察するに、安曇をこの場に呼んだのは未央なのだろう。

そして、取引を持ち掛けたのも未央の方だ。

「輝夜帝は、年内に天の雫を献上せよと要求してきた。できるか？」

「……できるわ」

残る一枚の薬箋で、作るべき丸薬は残り二つだけ。

それと知る者は少ないが、イトナは知っている。一つを作るのに、一ヶ月から二ヶ月半を要するのだから、未央が示した期間は現実的なものだ。

六連に示した、来年の春までという期間と違う。この取引に対する、未央の真摯さがうかがえた。

「よし。これで取引は成立だな。馬車は施薬院に回してある」

「この薬師を、弔ってから行きたい。――私の師なの」

「それで構わん」

安曇はそう伝えると、蓬生の骸に手をあわせてから出ていった。

彼の連れてきた兵たちも、訓練された動きで後ろに続く。

下の方から「六連を追え。二百の私兵と合流するはずだ」と聞こえてくる。

「……未央様……どこへ行くの？」

「甘露宮よ」

「どうして？」

イトナは、目に涙をためて問うた。

山を覆う禍々しい闇は、まだ消えていない。生き延び、新たな人生を歩もうとしていた蓬生まで、殺されてしまった。

自分も、未央も、いつ呑まれるかわからない。この闇はどこまでも深いのだ。

そんな闇をもたらしたのは、あの安曇という男ではないのか。なぜ、そのような男と、未央は取引をするのか。イトナにはどうしても理解ができない。

「甘露宮の扶桑園《ふそうえん》には、烏葉がある。私が斎宮になった年に、移したものよ。烏葉は、沢下の薬草畑では育たなかったから」

イトナの身体から、血の気が引いていく。

「私の……ため？」

「貴方のためで、私のためで、東星方のためよ、イトナ。天の雫に関する資料も、甘露宮にはある。それに……私たちがここにいれば、さらなる死を招いてしまうわ。もう、これ以上の死は見たくない。私に、貴方たちを守らせて」

未央は蓬生の骸を見、ぎゅっと目をつぶった。

天の雫を作り、東星方の乱を鎮める。

この死の闇を祓うために、未央は道を選んだのだ。

「……うん」

イトナは、未央に抱きついた。

安曇という男を、未央が仇と知って利用しようとしているのか、本当に信頼しているのか、判断はできない。人である未央の心の内を、自分が理解し切れるはずもなかった。

だが、未央がそうと決めたのならば、イトナは従う他ない。

梯子を上がってきた桜良が、蓬生の骸を見て悲鳴を上げていた。衛兵も、何人か殺されたらしい。階下でも騒ぎになっている。もう、これ以上の死は見たくない。まったくそのとおりだ。

「一緒に行きましょう。――甘露宮へ」

未央の手が、イトナの髪を優しく撫でる。

イトナはきつく目を閉じ、しっかりとうなずいたのだった。

未央が甘露宮に向かうと知って、鳳山は騒然となった。

施薬院には、甘露宮から落ち延びた旧臣たちも集まっており、彼らは未央が乗った馬車の前に叩頭《こうとう》した。

大王を弑逆した獣に降《くだ》るおつもりですか。ご再考を。雨芽薬主の末裔としての誇りをお忘れですか。それだけはなりません。獣に身をゆだねるおつもりですか。お考え直しを。天壺国の王女は、今や未央様お一人でございます――

蘇真人の好きにさせてはなりません。蘇真人に枷を。天壺国の威光を取り戻してくださいませ――

様々な声が、馬車の中まで聞こえてきた。

声は遠ざかったが、人々の念がからみついてくるかのように感じられる。

道の険しさは覚悟の上。進まねば、平穏は得られない。

二人はしっかりと手を握りあい、馬車の向かう先だけを見ていた。

第三幕

甘露宮の美女

白芯草、弧点草《こてんそう》、奏木。――そして、烏葉。

扶桑園をわたる風に、かぎ慣れたにおいが心地よく交じる。

イトナは、薬草畑の畔道を歩きながら、胸いっぱいに空気を吸いこんだ。

（蓬萊園にいるみたい……）

鳳山と違って涼やかさはないが、扶桑園の風は失った故郷を思い出させる。

沢下の畑の薬草のように、小ぶりでも、疎《まば》らでもない。だから一層、蓬萊園そのままという印象が強い。

確実に人の手で育てられた薬草畑だが、もう誇りを傷つけられたとは感じない。

艶々としたこの烏葉が、イトナの命を救ってくれたのだ。

手で触れると、甘露宮に到着した日の安堵が蘇る。すでに烏葉の株は鳳山に運ばれており、来年の春には芽吹くはずだ。お陰で、イトナは命の危機を脱した。

繭床に入ったまま運ばれたので、イトナはこの宮の全容を知らない。ただ、これまで見てきたどんな建物より大きいのはたしかだ。

甘露宮全体の南側半分は、政の行われる場だと聞いている。

北側半分が、王の住まいであるらしい。その北側のほとんどを占めるのが、扶桑園だ。王の住まいとされる空間の大半がこの庭園で、池があり、小川があり、橋があり、四阿《あずまや》がある。薬草畑は、そのうち北西の一角だけを占めている。

天壺国の代々の大王には、薬学の素養があったそうだ。雨芽薬主の末裔としての矜持だろうか。そのため、多くの貴重な資料と、薬道に用いる器具を備えた書斎を持っていた。名は蛍光庵《けいこうあん》という。渡り廊下で北宮と繫がり、薬草畑に向かって張り出すこの書斎を、未央は自身の居室に選んだ。

蛍光庵から薬草畑は見渡せるが、畑からも庵がよく見える。

イトナは、薬草畑の真ん中にある四阿から、簾ごしに未央の白い着物を見ていた。

甘露宮に到着してから、一ヶ月半。イトナは、ほぼ毎日この時間に、四阿を目的地として散歩をしていた。

一つに、身体の維持のため。もう一つには——ある人を避けるためだ。

(あ、今日も来た)

足音が、聞こえてくる。大股で、堂々とした歩調。

渡り廊下を歩いてくるのは、しっかりとした身体つきの、長い黒髪を後ろで一つに束ねた青年である。背が高いので、匙子の目でなくとも見つけるのは簡単だろう。

昼過ぎになると、決まって安曇は、離れにやってきた。毎日。

朝議、というものがある。

鳳山では、夕に薬師たちが集まっていたが、政の世界では朝に会議を行うらしい。人数も、二百人近くが集まるそうだ。夕議の十倍である。甘露宮の南側のどこかで夜明けにはじまり、長ければ昼過ぎまでかかるという。つまり、日向国の王は、毎日長い朝議を終えてから、まっすぐここに来る。

安曇は三日ほど甘露宮を空け、昨夜戻ったばかりだそうだが、途端にこれだ。

（……嫌な人）

だからイトナは、蛍光庵に背を向け、安曇が去るのを待っている。眉間に深いシワを寄せたまま。

「未央、入るぞ。——南岸の真倉部《まくらべ》氏は、条件を呑んで降った。残るは西部だ。葦《あし》奈《な》氏と、葛根《くずね》氏とは、明日から交渉をはじめる」

「蔵司《くらのつかさ》の駒足《こまたり》を連れていくといい。彼なら上手くまとめるわ。葦奈氏の土地には縁者が多いの。彼とは母方の遠縁よ」

鳳山から来た未央が甘露宮に入った時、北宮は大変な騒ぎであったという。

女官たちは、安曇が未央を后《きさき》として迎えるものと思い込み、婚儀の支度をはじめていたらしい。精悍な若き覇王と、亡国の麗しき乙女。二人がかつて婚約者同士であったことも、誤解の種になった。

桜良は「美しい男女というものは、なにかと誤解を招くものです」と言っていた。

（早く帰らないかな……）

安曇には、すでに妃《きさき》が二人いる。昨年、真珠との縁談が破談になったのち、自国の豪族の娘を娶ったそうだ。

そのうち一人は日向国の晴海宮《はるみのみや》に留まり、一人はすでにこの甘露宮に住んでいるという。

妃の名は、芙蓉《ふよう》、だそうだ。この芙蓉が甘露宮に入ってから、一度も安曇はその部屋を訪ねていない――らしい。

北宮の空気は、ピリピリとしていた。桜良など、渡り廊下の向こうは修羅の国だ、と言っていたくらいだ。向けられる視線は厳しいそうである。

「駒足？　自ら望んで蔵司になった男だぞ」

「私の名を出して。彼が交渉事で失敗したのは、私を還俗《げんぞく》させようとした時くらい」

美しい二人の男女の会話は、周囲の期待を裏切って淡々としている。

未央は文机に向かったまま、安曇は運ばせた遅い朝食をとりながらの会話だ。それが終わると、未央が茶を出す。会話の内容にも態度にも、甘やかなものは皆無であった。

「会合は、葦奈氏の郷で行う。斗水のことも聞いておこう」

「……お願いね」

斗水とは、未央の同母の妹だ。甘露宮の王族虐殺の際、王族の中で唯一骸が見つからなかったという。難を逃れ、母方の実家を頼っているのではないか、との期待があった。

（あの人……思っていたのと、全然違う）

安曇、という男は、鳳山ではひどく恐れられていた。

残虐な覇王は、父と兄を殺し、天壺国の王族を皆殺しにして甘露宮に居座った

――と人々は思っていたし、イトナもその噂を信じていた。

未央が甘露宮に向かうと知って、嘆く者がほとんどだったくらいだ。

ところが。

実際に甘露宮まで来てみれば、覇王の颶風《ぐふう》が吹き荒れた形跡などない。

宮内の秩序は守られ、安曇は未央だけでなく旧臣の意見を受け入れている。去《きょ》就《しゅう》を決めかねている各地の豪族とも、直接出向いて交渉し、戦を丁寧に避けていた。

その上、行方の知れない旧国の王女の心配までしている。

死んだ蓬生の骸に手をあわせる姿も、イトナの記憶には残っていた。

(全然、悪い人に見えない)

イトナは、背を向けていた蛍光庵の方を、ちらりと見た。

「――よい茶だった。では」

簾の端が捲れ、安曇が廊下に出てくる。

ここからが、イトナが一番嫌いな時間だ。

安曇は、文机に向かう未央を、簾ごしに呼吸三つほどの間見つめてから踵を返す。

そのわずかな時間が、耐えがたい。

妻に迎える気はなかろうとも、安曇は未央に好意を持っている。

(見なきゃよかった)

見るまい、と毎回思うのだが、つい期待してしまう。

今日こそ、安曇は未央を見つめずに帰るのではないか――と。

しかし願いも空しく、彼がその習慣を止めることはない。

イトナは、ため息をついて空を見上げた。

美しい、蒼い空。――ヨハタの、瞳の色。

グッと息苦しさを覚え、イトナは胸を押さえた。

ヨハタはこの世にはいない。蓬莱園も、焼けてしまった。思い出す度、心の臓が圧し潰されるように痛む。

ゆっくり、呼吸を繰り返した。目を閉じて、まだ見たことのない海を想像する。

美しい碧の、一面の水。波。

嘆きに呑まれてしまったら、イトナは命が保てない。

――遡ること一ヶ月半。イトナは、未央と共に甘露宮へ入った。

鳳山から甘露宮までの旅程を、共に過ごしたのは天壺国の大臣だった男だ。未央を迎えにきた三人の大臣の内、一番年若だった男で、名は駒足という。未央とは遠い親戚で、今は蔵司として安曇に仕えているそうだ。血が遠いだけあって、未央とは少しも似てない。面長で目が細く、さらに肥えているのも原因だろう。

馬車の中で、駒足は天壺国が滅びた経緯を淡々と語った。

「五月のことでございます。各地の鉱山や堤場におりました奴婢が、示しあわせたように日向国への逃亡を図りました。――これを殲滅せんとする大王の軍と――」

「黒鉄大王が、国外に逃げる蘇真人を殲滅しろとおっしゃったのは——本当だったのね」

未央の表情は、報告の序盤で曇った。

イトナは未央の膝の上にいたので、未央の体温が上がったのを感じる。

殲滅。あまりに恐ろしい言葉だ。澄泉の里で感じた、強烈な腐臭と、子供の骸。そして繰り返し夢に見る、紅い髪の骸の山を思い出さずにはいられない。

「はい。私も決の下った朝議の場におりましたので、間違いはございません。——白銀王亡き朝議では、異を唱える者はありませんでした。奴婢を皆殺しにせんとする大王の軍と、保護せんとする日向国の王の軍が、国境の赤川谷にて衝突いたしました。兵数は、七千対四千。数では勝っておりましたが、日向の強兵を前に我が軍は敗退。五千の兵を失う事態となりました。さらに勢いに乗った日向軍の追撃により、甘露宮は陥落した次第でございます。まことに——申し訳ございません」

駒足は、未央に向かって深々と頭を下げた。

頭を下げたままの時間の長さは、駒足の感じている責任の重さであるのだろう。

「赤川谷への出兵の報は届いていたわ。文でお諫めはしたけれど、止められなかったのは、私も同じ。どうか謝らないで。……一つ、確認させてほしいの。蘇真人の軍が動いたと聞いている。それは確か？」

未央の問いに、駒足は頭を上げ、細い目を大きく開いてうなずいた。

「はい。奴婢の一団が、赤川谷の天壺軍の背後を急襲し、退路を塞ぎました。これによって我が軍は多くの損害を出しております。あるいは、それさえなければ、甘露宮も落とされずに済んだのではと申す者も多うございました」

黒鉄大王は、反乱の報復に多くの蘇真人を毒で殺している。その上、処遇に耐えかねた彼らが国外へ逃亡するのさえ許さず殲滅せんとした。

（自業自得だ）

冷ややかな感想を、イトナは持った。

蘇真人からの反撃が滅亡の決定打となったとしても、それはなるべくしてなったとしか思えない。

「天壺国軍を背後から襲ったという蘇真人は、どこから武具を手に入れたの？　訓練もなしに、戦の最中の軍の背後を衝くなんて、簡単なことじゃない」

「何者かの介入はあったものと思われます。多少の武具は手にしていた様子です。しかし、突撃した一隊は全滅しておりますし、決死の策であったのでしょう」

「……そう」

未央は、深いため息をつく。

駒足は、続けて甘露宮で起きた事柄を伝えた。

日向国兵に囲まれた甘露宮では、朝議堂において黒鉄大王と、日向国の王太子との交渉が行われる――はずであった。ところが、朝議堂に集められた王族の男たちはことごとく殺され、北宮でも、女たちが全員殺されていたそうだ。その数四十五。骸が見つからなかった斗水王女だけは、いまだ行方が知れない。

不可解だったのは、王族を殺したはずの王太子自身も、ほぼ同時刻に甘露宮内で死亡していた点だ。

（闇が大きくなってる……人が、どんどん死んでいく……）

天壺国も、日向国も、突如として王と、その後継者を失った。

遅れて甘露宮に入った安曇は、両国の併合を宣言。甘露宮を新たな拠点と定めた。国号は日向国を保ち、彼はその王となったのである。

天壺国はかくして滅んだ。安曇は、天壺国の旧臣らを、ほぼそのままの役職に留めたという。去る者も好きにさせたそうだ。

「甘露宮を去った者の一部は、再起をはかって集結しているようでございます。大臣だった磐邑《いわむら》様を中心に、恐らく鳳山に向かったかと」

「ええ、来ていたわ。毎日、毎日、熱心に口説かれた。……天壺国の女王《ひめみこ》になれとね。存在しない国の女王など、反乱軍の頭目でしかないのに。彼らはただ、蘇真人に枷をつけ得る王を求めているのよ。そうすれば過去の栄光が戻ると信じてる。……愚かなことにね」

施薬院に来た旧臣たちが、天壺国復興のためにお立ちください、と懇願する文を毎日送ってきていたのは知っている。未央は、それらをすべて燃やしていたが。

「未央様に断られた者は、恐らく……その……真珠様を頼られるのではないか、と噂されておりまして――」

まったく意表をつかれたようで、未央は目をぱちくりとさせた。

「真珠様？　生きておられるの？」

イトナも、驚いて目を丸くした。

安曇との婚儀を蹴って出奔した真珠の名を、ここで聞くとは思っていなかった。

「はい。大変申し上げにくいのですが、真珠様は出奔後、軽部《かるべ》氏の男子と郷で暮らしておられたのです。お陰で甘露宮の難は逃れられました。ご夫君は先の赤川谷の戦で死亡しており、もう軽部郷にはおられぬようでございます」

「あの真珠様を反乱軍の旗頭にするなんて……無謀だわ」

頭痛をこらえるように、未央は額を押さえた。

まったく同感だ。あの怠惰で、責任感の欠片もない真珠に、反乱軍の指揮などできるとは思えない。

「はい。間違いなく無謀な企みです。ですが――天の雫があれば、話は違ってくるかと」

「……そうね。天の雫さえ持てば、彼女たちも反乱軍ではなくなるわ」

イトナは、未央に見えぬところで眉根を寄せた。

（真珠様になんて、なにもできやしないのに！）

苛立ちを抱え、ふん、と鼻息を吐く。

宥めるように、未央の手がイトナの背を撫でた。

「ともあれ斎宮様が甘露宮にお移りくださり、我ら旧臣団も安堵しております」

「貴方は反対しないの？　さんざん言われたわ、覇王に魂を売るのか――と」

「二君に仕えるは士に非ずと申しますが、すでに多くの臣の心は、黒鉄大王から離れておりました。豪族らも同じでしょう。西華方の二の舞になる道は避けられぬものと覚悟しておりましたものを、安曇王は混乱を収束すべく、迅速に行動を起こされております。甘露宮の奴婢も保護され、ゆえなく蘇真人を傷つけることを厳しく禁ずと宣言なさいました。そのお姿は、まるで白銀王のごとくで――」

「駒足。もう父上の話はよして」

白銀王は、未央の父親だ。謀反を企んだ罪で刑死している。

今の一連の会話から察するに、安曇は、その白銀王と重なる部分があるらしい。少なくとも、安曇は黒鉄大王のような――蘇真人の捨里を焼き、逃げる蘇真人を殲滅させるような人ではない、というのが駒足の評であるようだ。

「失礼を。しかし東星方を導き得るお方ではとの期待はございます。あとは、斎宮様が還俗なさり――」

「言わないで。……貴方の口からは、聞きたくないわ」

――新たな大王の妻となり、雨芽薬主の血を繋いでほしい。

駒足は、そう言おうとしたのだ。

それきり未央は黙ってしまい、駒足もそれ以上続けはしなかった。

ただしばらくして「天壺国の血より、守るべきものがある」と呟くように言った。

駒足は「はい」とだけ返事をしたが、納得している風でもない。

この問題は、尾を引くだろう。

未央の意思や、イトナの希望がいつ砕かれてもおかしくない。

イトナはそんな予感に不安を覚え、未央にぎゅっと抱きついた。


甘露宮に入った日から、一ヶ月半が過ぎていた。

イトナは、四阿の中で空を見ている。胸が痛む時は、横になってゆっくり呼吸をするようにしている。それで小さな波はしのげることがわかってきた。

その視界に、ぬっと入ってきた者がいる。安曇だ。

「……あ——」

広々としていた四阿は、急に狭くなった。

安曇の顔は、凹凸が大きい。見慣れた未央の顔はつるりとしているので、彼の顔は異質に見える。特に高い鷲鼻が六連とも共通していて、それはきっと二人に共通する親の、前《さきの》日《ひ》向王《むかいのおう》が持つ特徴なのだろう。

「そう嫌うな。そなたに土産だ」

目の前に、不思議な形をした、石のようななにかが差し出される。

イトナはゆっくりと身体を起こした。

身体は六連の方が大きいが、手の大きさは六連も安曇も変わらない。大きさもさることながら、節のゴツゴツとした手は、鳳山にいる女たちとは大きく違っている。

「これ……なに？」

「貝殻だ。先日、南岸の浜で相撲を取った時に拾った」

なぜ浜で相撲など取ったのか知らないが、貝殻、と聞いてイトナは目を輝かせた。

海の欠片だ。手に取りたい。――けれど、できない。

「い、要らない」

「無理をするな。この貝にはな。海底の音が閉じ込められている。ほら、こうすれば――海の音が聞こえるぞ」

安曇が、耳に貝殻を当て「ほら、聞こえる」と言って、明るく笑った。

「私は童じゃない。騙さないで」

「俺に未央を取られそうで、拗ねているんだろう？　まるきり童ではないか」

ムッとイトナは口をとがらせた。

自覚はある。要するに、そうだ。周囲が、安曇と未央の結婚を期待するところまでは耐えられた。だが、安曇が、未央を思う様だけは我慢できない。未央からの明確な拒絶がないのも、気を揉むところだ。

「……そんなんじゃない」

事実だからと言って、安曇相手に認めるわけにはいかない。

とがっていた口は、横方向に引き結ばれた。

「じゃあ、なぜそう嫌う。まさか……まだ疑っているのか？　俺が山を焼いたと」

ずい、と安曇の顔が近づいた。馬と、墨と、未央が淹れた茶のにおいがする。それが、やはり気に入らない。

「……少しだけ」

イトナは、正直に答えた。

この件に関して、安曇は甘露宮に着いた当日、未央とイトナの前で弁明している。

「あのな、イトナ。俺は、天の雫がほしい」

「知ってる」

「すべては、争いを避けるためだ。一穂五臣に列せられれば、蘇真人を煽動した阿呆の六連だの、力もないのに祭り上げられた馬鹿な真珠だのに巻き込まれて死ぬ者が減る。争いを避ければ、兵は死なない。民も死なない。土地は荒れない。いいことだらけだ」

「この間も聞いた」

利がない。だから俺が鳳山を焼くわけがない。それが安曇の言い分だ。

「ホラ吹きの六連の言うことなど信じるな。他の誰に嫌われても構わんが……お前に嫌われるのだけは、避けたい。お前が嫌う者を、未央も嫌うからな」

「だって、鳳山がなくなったら、安曇は嬉しいでしょう？　未央様と結婚できるんだから」

安曇は「そうあからさまに言うな」と顔をくしゃりとさせた。

「たしかに天壺国の王女を后に立てれば、世も落ち着くだろう。天壺国の旧臣らも安堵する。だが、無理強いするつもりはない。未央は幼い頃から多くのものを背負ってきた。その上で出した答えを軽んじたくはないのだ。――惚れているからな」

ずいぶん堂々と、安曇は未央への思いを口にした。

イトナは、眉の間にいっそう深いシワを寄せる。この男は、未央の寝所に押し入った六連が、極悪人とまで評した弟だ。どこか信頼し切れぬところがある。

「本当に？　六連みたいなこと、しない？」

「するわけがないだろう。俺は、未央にも、お前にも好かれたい。――ともあれ、未央との結婚には頼らんよ。こう世が乱れていては、おちおち冬支度もできんよ。民が気の毒だ」

覇王らしからぬことを、安曇は言った。

まるで、この混乱を、望むところではないとばかりに。

「じゃあ、最初から混乱などさせなければよかったのに」

「そなたは、あのまま天壺国が続けばよかったと思っているのか？」

「思ってる。そうしたら、雛子は死なずに済んだもの」

安曇は、ふむ、とうなって腕を組んだ。

「天壺国を滅ぼしたのは、俺ではない。父にも、兄にも、そのつもりはなかった。だが、あのまま国が続くのが、東星方にとって最善であったとも思っていない。鳳山を焼いた者が憎いのはわかるが、恨む相手を間違うな」

「……私に嫌われるのは困るから？」

「違う。間違った相手を恨めば、真の敵を仕留め損なうからだ。事が明らかになるまで爪を研いでおくといい。少なくとも、俺は仇ではないぞ。だいたい、この俺が、未央のいる鳳山を焼くわけがなかろう。炎は、誰を殺し、誰を逃がすかなど、都合よく選んではくれない」

安曇は「俺は馬鹿じゃない」と言って、立ち上がった。

たしかに安曇が未央を焼き殺そうとするわけがない。つきあいは短いが、その一言は腑に落ちた。

改めて差し出された貝殻を、イトナは受け取る。

「……ありがとう」

「海が見たいんだろう？　一仕事終わったら、連れていってやる。三日あれば着く」

いつか海を見る。それは、未央とイトナの大事な約束だ。

割って入られたのが気に入らず、改めて口を引き結ぶ。

安曇はそのイトナの顔を見て「やはり童ではないか」と笑っていた。

政務の続きをするのか、安曇は庭を南の方へと戻っていく。

イトナは、掌の上に載った、不思議な形の貝殻をじっと見つめた。

そっと耳に当てる。――サアァァと音が聞こえてきた。

(海の音だ!)

うっとりとイトナは目を閉じる。

桜良が捜しにくるまでのひと時、イトナは飽かずその音に酔った。


天の雫の完成は、間近に迫っている。

輝夜帝が提示した期限は、年内である。秘薬の完成を帝に知らせれば、一穂五臣のみが乗る丹塗《に》りの馬車が迎えにくるそうだ。

丹塗りの馬車で帝都に入り、古式にのっとって帝に拝謁する。

そこで天の雫を献上すれば、東星方の大王として認められるのだ。

完成までに、残るは二つの丸薬だけ。

百の薬箋の最後の一枚にある、五つの丸薬の内の二つだ。八百年の作業は、数字の順に行われていたわけではない。それぞれの斎宮が、己の力量の範囲内で取り組んできた。残った一枚は、最難関。残る二つも、当然のように複雑である。年内、という期限は楽観の許されないものであったのだが――ここで、幸運が重なった。

焼けた鳳翼院の建物の床下から、かつて失われたはずの薬箋の一部が見つかったのだ。

　欠けた情報をかき集め、薬の嗅ぎ分けをし、用いる薬品と製法を特定する、最も時間のかかる工程が省けたのだ。完成までの期間が、半分に縮んだ。

　資料を運んできたのは葵衣で、そのまま甘露宮に留まり作業を手伝うそうだ。蓬生亡きあと、彼女は薬師に昇格している。行方の知れなくなっていたチャブチが見つかったと、さらに嬉しい報せも葵衣が届けてくれた。

　甘露宮に設置した臨時の薬工房でも、怪我をして鳳山に留まっていた薬工たちが合流し、作業はさらに加速した。

　間もなく、八百年かけた作業が完成する。誰しもの作業にも熱がこもる。——それは、そんな熱中の間に起きた。

　サラサラ……サラサラ……聞き慣れぬ衣擦れの音に気づいたのは、夕に近い頃だった。

　女官の出す音とは、種類が違う。着物の質の差だろう。

（……誰だろう）

　イトナは嗅ぎ分けをしていた二つの壺に、蓋をした。

　蛍光庵では、イトナは自分の作業場所を持っている。書斎の東側にある小部屋だ。観月のための場所で、部屋と続きの小さな露台に続いているのが気に入っている。

露台からは池の鮒も見えた。書斎と繋がる戸はいつも開け放っていて、衝立だけを置いている。音も聞こえれば、香りも届く。

「貴女ね、斎宮というのは。——人払いをしてちょうだい」

聞き慣れぬ声がした。若い女の、とがった声。

華やかな香のにおいがする。鳳山の暮らしでは、ほとんど嗅ぐ機会のないものだ。

それから、猫のにおい。きっとこの貴人の女性は、猫を飼っているのだろう。

「書斎への立ち入りは禁じていたはずですけれど。……どなた？」

「……芙蓉。安曇様の妻よ。人払いをしてちょうだい」

イトナは、芙蓉の刺々しい態度の理由を察した。

（あぁ、気の毒に）

イトナは秘かに芙蓉には同情している。自分の夫が、毎日毎日、別の女のもとへと通っていたのなら、腹も立つだろう。それも、自分のところへは一切来ない夫が。

「イトナ様、こちらへ」

桜良が慌てた様子で、イトナを抱き上げた。

その拍子に、鮮やかな牡丹色の着物が見えた。

（……天女みたい）

美しい人だ。髪は乱れなく結い上げられ、額には翡翠の額玉が輝いている。

「未央様を、一人にして大丈夫？」

不安を、イトナは口にした。いかに美しい人でも、油断はならない。未央がこの書斎に住みはじめてから、食事に泥をかけられたり、渡り廊下を汚されたりという事件は頻発している。たった一ヶ月半の間にだ。二人きりにするのは、危険ではないだろうか。

「大丈夫です。桃葉がおりますから」

イトナは、ますます不安になった。

桃葉は、器用な人ではない。どちらかといえば、とぼけたところがある。貴人同士の、複雑な関係を丸く収めるような技量はない。

「どうするの?」

「桃葉は足が速いですから、母屋から応援を呼んできてもらいます」

たしかに桃葉の足は速い。しかし、やはり不安だ。

「私、渡り廊下のところで待ってる。桜良は桃葉の近くにいて。未央様が、いじめられたら困るもの」

「わ、わかりました。足は遅いので、大声を出すことにいたします!」

桜良はイトナを下ろし、急いで引き返していった。

(私がもっと強かったら、未央様を守れたのに)

未央は、人に悪意を向けられても、じっと耐える人だ。

これまで受けた嫌がらせも、事を大きくせずに呑み込んできた。幼い頃から、真珠のいじめにも耐えてきた人だ。きっと、今度もそうなるだろう。それが、悔しくてならない。

渡り廊下に繋がる、廊下の角を曲がったところで——イトナは息を呑んだ。

紅い髪が、目に飛び込んできたからだ。

(浄人《じょうにん》だ)

イトナは、珍しいものを見る目で、その人を見た。

紅い髪の人は、この甘露宮で度々目にしている。ただ、これほど間近で見るのは

はじめてだ。

彼らは、蘇真人だ。イトナが推測したとおり、彼らは例外なく紅い髪をしている。

甘露宮には、百人ほどの蘇真人がいるそうだ。北宮で働いているのは、少年なの

か、少女なのか、人に慣れたイトナでも区別がつかない者ばかりだった。未央が言

うには、彼らは幼児期に去勢された者なのだという。

顔を伏せていた浄人が、ふと、こちらを見る。

(ヨハタと、同じ色の目だ)

イトナの碧の目は、浄人の蒼い瞳に釘づけになる。

浄人が、会釈をした。挙措《きょそ》に品があるのは、王宮に仕える者だからだろうか。

「……芙蓉の、お供?」

浄人が、柔和な顔に強い驚きを示した。

「私の言葉が、わかりますか？」

「喋るし、童でもない」

イトナは、まとめて説明をした。大抵、誤解をされるのはその二点である。

「これは——失礼をいたしました。芙蓉様の側付《そばづき》の、芳児《ほうじ》、と申します」

手を独特な形に重ね、芳児、と名乗った浄人は頭を下げた。

側付だけあって、芙蓉と同じ、華やかな香りがする。猫のにおいも。

そこに——別種のにおいも交じっている。

血と膿のにおいだ。新しいものと、古いもの。

「私、イトナというの。斎宮様の匙子」

「イトナ様、でございますね」

においから推測すれば、傷は少なくないはずだが、芳児の笑顔は爽やかだ。貴人の側付ともなると、苦痛を隠すのも仕事のうちなのかもしれない。

イトナは、芳児の横に腰を下ろした。

浄人は、匙子と同じ、生殖能力を失った個体である。髪の色といい、瞳の色といい、なんとはなしに親しみを感じた。

「芳児は、日向国の人？」

「いえ。生まれは天壺国の澄泉の捨里です。天壺国の大王から、前日向王への贈り物として選ばれ、晴海宮に送られました」

――澄泉の捨里。

それは、黒鉄大王が、黒柘榴の毒で全滅させた上に焼き払った場所だ。

彼の縁者は誰一人生きていないだろう。その底の見えない闇の深さに、身体が強張る。

「……そう」

「イトナ様は、鳳山からいらしたとか」

ざわり、と寒気がした。

闇の深さは、こちらも同じだ。

鳳山は焼かれ、雛子は全滅している。

紅い髪。鮮やかな色の瞳。変えられた身体。身に迫る闇。

(似てる……)

いや、似ているどころか、そのままだ。

イトナは、自分と、目の前の浄人の運命の重なりに恐怖した。

「――安曇様に手を出さないで！」

深く沈みかけた思考は、しかし芙蓉の怒鳴り声で途切れる。

「私は、薬道に身を捧げた斎宮です」

「嘘をおっしゃい！　安曇様に媚びて、后に収まる気なのはわかっているのよ！　国を失った王族のくせに図々しい！」

大変な剣幕だ。語調も強ければ、内容にも遠慮がない。

イトナは思わず、腰を浮かせていた。

「国は失いましたが、天壺国の王族の一人として、東星方の混乱を収束させるべく、安曇王に力を貸すのが筋だと判断しました。彼の妻になる気はありません」

「しらを切る気？　なんて汚い女なの！　貴女の魂胆はわかっているのよ。安曇様との子を、王位に就けようとしてるんでしょう？」

イトナは立ち上がり、辺りをウロウロとしだした。

（違う。……それは未央様の望みじゃないのに！）

誤解だ、と伝えたいところだが、今はイトナの出る幕ではないだろう。

「用が済めば、私は鳳山に帰ります。斎宮ですから」

「のらりくらりと……この、恥知らず！」

ぱしり、と音がした。

激昂した芙蓉が、未央を叩いたのだと想像がつく。

（ひどい……！　なんてことするの！）

出る幕があろうとなかろうと、ここまでされては黙っていられない。止めねば。

書斎に向かおうとしたイトナの腕は、しかし芳児につかまれていた。

「放して！　未央様を助けに行くの！」

芳児は人としては華奢だが、力はイトナよりずっと強い。

振り払おうとしても、腕はびくともしなかった。

その横を、風のように桃葉が走り抜けていく。母屋に助けを呼びに行ったのだろう。人が来るまでは、時間がかかりそうだ。イトナは、顔を赤くして抗う。

「いけません。今は人払い中です。仕置きが怖くないのですか？」

「仕置き……？　そんなことより、未央様が――」

イトナが、芳児の手から逃れようともがいていると――

「貴女に后の座は渡さない！　私の産む子が、東星方の大王になるのよ！」

捨て科白を吐いて、書斎の簾を撥ね上げる音がした。よほど激昂しているらしく、足音もいっそう猛々しい。

美しい着物が、視界に入る。

芳児が、つかんだままのイトナの腕を、ぐいと引いた。

イトナは逆らわなかったので、端へと下がった――はずだ。

「……醜い化物めが」

「え――？」

しかし、イトナはころりと床に倒れていた。

強く、突き飛ばされたからだ。

芙蓉は、そこに立ったまま。蹴られたのだ、と気づくまでに時間が要った。イトナは、蔑みや暴力に慣れていない。

口を開けて呆然としている間に、白い着物が視界に飛び込む。未央である。白い袖が、ひらりと舞った。

ぴしゃり――と未央の平手が、芙蓉の頬を打つ。

「な――なにをするの!?」

頬を押さえ、芙蓉はキッと未央をにらむ。

しかし、未央の顔を見た途端、びくりと身体をすくめた。

「私の匙子を、傷つける者は許さない」

イトナの方に背を向けているので、未央の表情は見えない。ただ、声はそれまで聞いた例《ためし》がないほど冷たかった。

「お、覚えてなさいよ！」

改めて捨て科白を吐き、芙蓉は廊下を走り去っていく。

「大丈夫？　イトナ」

「うん。――びっくりした」

未央が手を伸ばすより先に、芳児がイトナを助け起こす。

その手がイトナの頭を押さえている。すぐ横には柱があった。頭をぶつけずに済んだのは、彼のお陰であったらしい。

「ありがとう、私の匙子を助けてくれて」

未央は、にこやかに芳児に礼を伝える。

「ご無事でようございました。――お騒がせいたしまして、申し訳ございません。では、これにて失礼いたします」

芳児は独特な手の重ね方で礼を示してから、芙蓉のあとを追っていく。

「ありがとう、芳児！」

イトナがその背に感謝を伝えれば、一度振り向き、会釈をしてから背を向けた。

「ひどい目に遭ったわね。でも、怪我をせずに済んでよかった」

未央は、ひょい、とイトナを抱き上げた。

「未央様は、大丈夫？」

「私はいいの。陰口にも、罵倒にも慣れているから。――頬をぶたれるのにもね」

未央は、苦く笑った。

謀反人の娘という烙印を背負って、未央は生きてきた。

鳳山では、未央の勤勉さを知らぬ者はなかったが、鳳山と甘露宮は違う場所だ。面と向かって真珠に罵られる以外にも、心ない言葉に傷ついてきたのかもしれない。

それを想像をするだけで悲しくなり、涙が滲む。

「嫌。私は嫌。未央様が傷つけられるのは、絶対に嫌」

イトナが、ぶんぶんと首を振ると、未央はふっと笑んだ。

「……そうね。罵る者をそのままにしたら、次は殴る。殴ったあとは蹴る。――次は踏みつけてくる。私を傷つける者は、貴方のことも傷つけるものね。耐えればいいという話ではなかったわ。……でも、なんだかお気の毒に思えてしまって」

未央は、芙蓉の去った北宮の方を見る。

彼女の甘く華やかな香りは、辺りに残っていた。

「芙蓉も、怒るなら安曇に怒ったらいいのに。……でも、難しいのは、わかる。ヨハタがムミツの方を見るのが嫌だったけど、ヨハタを責めたりできなかったもの」

こちらを向いて。よそ見をしないで。

そんな言葉を一々口にしていたら、ヨハタとの関係も違っていたように思う。言いたい。けれど、言えない。イトナの不満は、主にムミツへと向かっていた。だから、鬱憤を未央にぶつける芙蓉の気持ちも、理解しがたいとは思わなかった。

「そうね。私だって言えない」

未央は、眉を八の字にして苦笑する。

誰かを思っての言葉のようだが、知りたくない、とイトナは思う。

「全部、安曇が悪い。番を大事にできないなら、番を持つ資格なんてない」

ヨハタは、ムミツを選んだあと、きちんとムミツを庇った。心が砕けそうなほどつらかったが、あれは正しい。

イトナの理屈で判断すれば、悪いのは安曇である。

安曇が妻を大事にしてさえいれば、芙蓉も傷つかず、未央も傷つかず、イトナも傷つかずに済んだ。

「そうかもしれない。……さ、書斎に戻りましょうか。時間を無駄にしたわ」

二人で書斎に戻ると、桃葉が連れてきた応援の女官たちが、簾をかけ直していた。

芙蓉が乱暴に開けた拍子に、落ちていたらしい。

未央は「大事にしたくないの。誤解もすぐ解けるはずよ」と言って、騒ぐ女官たちをなだめていた。

(さっき、未央様は誰を思って言ったんだろう。……安曇なの?)

女官たちが去ってから、未央は薬湯の準備をはじめた。

その横顔を、イトナはじっと見つめている。

未央は誰を思い、誰の目がこちらを向いていないことを悲しんだのだろう。

(このまま、安曇の后になってしまったりはしないよね?)

芙蓉は嫌いだが、イトナにはその不安が理解できる。

安曇の未央への思いは、たしかだ。

では未央は、安曇をどう思っているのだろう。不安が、重くのしかかる。

六連が迫ってきた時は、これほど不安にはならなかった。六連と安曇は違う。未央は、安曇を信頼している。婚約していた時期に培われた絆なのだろう。――それは、イトナが知り得ないものだ。だから、怖い。

「……早く、帰りたい」

「そうね。もうすぐよ」

そんな会話をしても、イトナの不安は晴れはしない。

もし未央が、イトナを捨てて安曇を選ぶとすれば、天の雫の完成後だろう。

天の雫の完成が近づく喜びに反して、イトナの憂いは、日々、募っていった。


――にゃあ、と。

猫の声が聞こえた気がした。

(あれ……猫？)

その声が聞こえた時、イトナは蛍光庵の廊下の、庭に下りる階段に腰かけていた。

芙蓉の襲来から、十日経っている。

芙蓉の未央に対する無礼な訪問は、北宮で問題になったらしい。日向の有力豪族だという実父からも、注意が入ったとの噂である。

しばらく大人しくなるだろう、という期待もあり、蛍光庵に流れる空気は穏やかだった。

そんなある日の午後。散歩にでも出ようかと思っていたイトナは、猫の声に慌てて、庭に下りた。桜良に声をかけるのも忘れて。

早く猫を捜さねば――と思うが、少し、足が重い。

薬草畑の畦道を歩きながら、イトナは足の付け根をさする。

以前の視力であれば、この距離でも薬草の葉の一枚一枚までくっきりと見えていたはずだ。だが、今はぼんやりしている。夕など、衰えはより顕著になった。

（もっと、老いはゆるやかなのかと思ってた）

匙子になって、一年と少し。身体に感じる衰えは、残された時間の希望を目減りさせている。昔はよかった。雛子の頃は、月日は常に自分を大きくしたし、賢くした。できることは日と共に増える一方だったのだから。

坂を上り切ったあとは、下るだけ。下り坂も一定ではなく、傾斜が読めない。

——にゃあ。

物思いの最中、はっきりと猫の声が聞こえた。

（いけない。早く猫を捜さなくちゃ）

貴重な書物や薬剤を守るため、鳳山には猫が多くいるが、蓬莱園には決して入れない。迷いこまぬよう塀の点検も欠かさないし、平時の見張りは猫の番をしているようなものらしい。蓬莱から伝わる多くの薬草は、毒を含んでいるからだ。蓬莱園と同じ薬草のある扶桑園でも、事情は同じである。

足の痛みを忘れ、イトナは声に近づく。

幸い、猫はすぐに見つかった。真白い、毛の長い猫である。

（よかった、無事だ）

長い毛が、奏木の茨にからまってしまったようだ。虫害を防ぐために、烏葉の近くに植えるのが常で、枝には太い茨が生えている。

毛がからまったのは気の毒だが、お陰で烏葉は口に入れずに済んだようだ。目があうと、猫は、にゃあ、と鳴いた。助けろ、と言っているのだろうか。毛の色は違っても猫は猫。抱えろ、遊べ、近づくな、と命令してくるチャブチと同じだ。

「あ――そこにおいででしたか！」

声をかけられ、イトナは振り返った。

紅い髪の、浄人――あの、ヨハタと同じ瞳の色をした、芳児だ。

「茨に毛がからまったの。怪我はしていない。血のにおいが――」

血のにおいはしない――と言いかけた時、鼻に血のにおいが届いた。

芳児は、抱えていた楕円の籠を足元に置き、猫の救出に取りかかる。

「淡雪《あわゆき》様は、芙蓉様の愛猫でございまして。今朝から姿が見えず、難渋《なんじゅう》しておりました。ご無事で、本当によかった！」

芳児が動く度、鮮血のにおいが立つ。十日前に会った時よりはっきりと。

「……芳児、怪我してるの？」

「え？　いえ――」

「血のにおいがする。この間会った時もだけど、今日はまた別」

芳児は言い淀み、しかし、小声で「はい」と答えた。

「ただの仕置きです。昨夜は、夕の灯りを入れるのが遅かったので……ご心配なく。いつものことですから」

「痛むでしょう？　手当、してあげる」

ははは、と乾いた笑いを、芳児はもらした。

「薬など使っては、傷が倍になります。ご容赦を」

「そんなことない。ちゃんと手当したら、傷も残りにくい」

「おわかりにはなりませんよ。――貴方は、大切にされておいでだから」

また、ははは、と芳児は笑った。

茨から解放された白猫を、芳児は丁寧に籠へと入れる。

「本当に、手当をしなくていいの？」

「お気持ちだけいただきます。……ありがとうございました」

笑顔の中に明確な拒絶の色を察し、イトナは手当を諦めた。なぜ拒むのかは謎だが、強いるのもおかしな話だ。

「猫は、薬草畑に入れてはいけないの。薬草を口にしたら、死んでしまうから」

「え？　し、死にますか？　どの薬草が、毒なのです？」

芳児は顔色を変え、辺りの薬草を見回しだした。

「蓬萊の薬草は、だいたい毒。薬と毒は、紙一重だから」

紙一重で、境も曖昧な部分がある。効能の強い薬ほど、一見しただけでは、薬か毒かを判別できない場合も多い。一を癒し、一を殺す天の雫など、その究極の例である。

「……危うく、首を落とされるところでした」

胸を撫で下ろす芳児の言葉に、イトナはぎょっとした。

冗談とも思えぬ調子であったので「本当に？」と確認する。

「猫が死んでしまうと、貴方まで殺されてしまうの？」

「えぇ。別に、珍しい話でもありませんよ」

芳児は、唇を歪めた。普段の柔和さからは程遠い表情だ。

少し遠い、どこかを見る目。ここにはないなにかを見る目である。

問うべきか、少し迷った。けれど問わずにはいられない。

「……蘇真人、だからなの？」

問うと、芳児の蒼い目が、正面からイトナを見つめた。

「千年前、蘇真人が残虐な侵略者に負けたからです」

「負けたから――鞭で打たれたり、殺されたりするの？」

千年の贖罪――

その言葉が、頭に浮かぶ。

「えぇ、そうですよ。おかしいですよね。おかしいんです。今、世もそれに気づきつつあります。輝夜帝は、十年前に蘇真人の罪を赦すとおっしゃった。解放の時は近いのです」

暗澹たる状況に絶望していたイトナだが、その一言には救いがあった。

「じゃあ、芳児も自由になれる？」

「なれますよ。もうすぐ。我らには、慈悲深き帝がついていますから」

イトナは、笑顔で「よかった」と言った。

すると、もう蘇真人は捨里の井戸に毒を入れられずに済む。国外に逃げずとも、安全に暮らせるようになるのだろう。芳児も鞭でぶたれずに済むはずだ。

「芳児！　淡雪様は⁉」

パタパタと北宮の方から走ってきたのは、芳児とそっくりな浄人だ。

比べれば、やや年若だろうか。顔立ちは違っているのに、全体の印象がよく似ている。

「慶児《けいじ》！　ここだ！」

芳児が、大きく手を振る。

慶児、と呼ばれた浄人は、イトナを見てギョッとした顔をした。それから、目を泳がせ、助けを求めるように芳児を見る。

イトナの外見から、どの程度の知性を有しているかが判断できず、取るべき態度を決めかねているのだろう。

「私は、斎宮様の匙子。名はイトナ」

このやり取りにも、いい加減飽いている。先んじてイトナが言えば、慶児は、

「け、慶児と申します。これなる芳児の同輩でございます」

と慌てた様子で、手を重ねた礼をした。

(この人も、血のにおいがする)

彼もきっと、淡雪が死ねば殺されてしまうのだろう。

「柵に穴があるんだと思う。探して、ふさいだ方がいい」

親切心から、イトナはそう助言した。

猫のためにも、浄人のためにも、必要な対策だと思ったのだ。

芳児と慶児は、パッと顔を見あわせる。

その一瞬、彼らがなにを考えたのかはわからない。

ただ、彼らがまずい、と思ったのは伝わった。まるで、彼らが穴の存在を知り、かつ隠しているかのように。

(変なの。猫が死んだら、自分たちも殺されてしまうのに……柵の穴は残しておきたいの？)

不可解だったが、イトナはそこを突き詰めはしなかった、彼らには、彼らの世界があり、理があるのだろう。怪我の手当をしないのも、穴をふさがないのも、きっとそのせいだ。

芳児は改めてイトナに感謝を伝えたのち、

「あぁ、イトナ様。先ほどの話は、どうぞ内密に。すでに救われた雛子様がたと違って、我らはまだ道半ばでございますから」

と言って、踵を返した。

高いところで結われた紅い髪が二つ、遠ざかっていく。

(救われた？　雛子の……なにが？)

その場に残ったイトナは、芳児の言葉を呑み込めずにいる。

焼かれて死んだ雛子が、救われたはずもない。

きっと、芳児は知らないのだ。雛子がいかにして死んでいったのかを。

――気味が悪い。あんな醜い姿にならずに済んで、俺たちは幸運だ。

――さもしいな。あんな姿になってまで生き延びようとは。

芳児と慶児が、離れたところでそんな会話をしていた。匙子の耳が、人より聡いことも知らないらしい。

ふぅ、とイトナはため息をつく。

(聞きたくなかった)

人と違う姿をしている、という自覚はある。

ただ、蔑みには慣れていない。

「イトナ様！　あぁ、いらした！　お捜ししましたよ！」

桜良が、息を切らせて走ってくる。いつも通る四阿への道から外れたので、捜しに来たのだろう。――猫が捜されるのと同じに。

「ごめんなさい。猫がいたから、浄人に渡していたの。無事でよかった」

「まぁ、猫が？　それは無事でようございました」

言いながら、桜良はイトナを抱え上げた。

その動作は、芳児が淡雪を抱える様——愛玩用の生き物を扱うのに似ていた。

「猫が死んでしまったら……浄人は殺されるって。本当？」

「それは仕方ないですわ、イトナ様。彼らは奴婢ですもの」

仕方ないのだろうか。本当に？　胸に、疑問が湧いた。

（よく、わからない）

そこに、箱がある。

闇の中に、ぽつりと。イトナの知らない——恐らく、イトナに知らせまいと周囲の人たちが思うものが、入っている。

知りたい。けれど知りたくない。

桜良の背ごしに、渡り廊下を歩く芳児と慶児の姿がある。彼らは猫の入った籠を抱えていた。籠は、繭床に似ている。

「……歩きたい」

桜良は「あとにいたしましょう。翡翠糖の時間でございますから」とイトナの願いを優しく却下した。

うなずくしかない。翡翠糖の摂取が遅れれば、困るのは自分だ。

（考えちゃいけない……）

その箱を開けたら、もう二度と開ける前には戻れない。

開けてはいけない。見てはいけない。——けれど、もう、かすかに蓋は開きかけている。

だから、目をそらすことにした。考えないのが一番だ。

蓋が開いた時、自分の身体はそれを抱えきれない。そんな予感があった。


数日が、過ぎた。

「イトナ。そろそろ、外に出てはどう？」

朝から竹簡にかじりついていたところ、未央に声をかけられた。

目をこすりながら、イトナは提案を受け入れた。このところ、疲れると目がかすむようになった。こうなると、作業は滞ってしまう。

薬草畑に下り、畦道を歩く途中で、イトナは足を止めた。

休憩をはさまないと四阿までたどりつけなくなったのは、ごく最近のことだ。

（いつまで一人で歩けるんだろう……目も、どんどん悪くなってる……）

はぁ、と深くついたため息に、静かな、それでいて慌ただしい足音が重なる。

安曇ではないし、桜良でもない。未央でもなかった。

足音はひどく不規則で、時折足を止めたかと思えば、また忙しなく動き出す。

（……なんだろう）

鼠が、猫の目を避けるようなものだろうか。

イトナは、不安を覚えた。

ちらりと音のする方を見れば、畑の陰に紅い頭があった。芳児である。

「……芳児、どうしたの？」

これまで、彼との遭遇は偶然でしかなかった。けれど、今回は違う。

芳児は、イトナとの接触を目的として、近づいてきている。それも、人の目を盗んで。

「これを――この竹簡を、どうぞお読みください」

芳児は、息を切らせたまま古い竹簡を差し出す。

いきなりでもあったし、様子もおかしい。当然ながら、イトナは警戒した。

芳児の、自分を蔑む言葉を聞いたあとでもある。いくらヨハタと同じ瞳の色をしていても、似た境遇の浄人であっても、親しみは目減りしていた。

「……これ、なに？」

「読んでくだされればわかります。我らは同胞《はらから》。野蛮な征服者が来るまでは、我らこそが正しき島人でありました。解放の時が近い。――我らには、我らの王が必要なのです」

囁き声で、しかし熱のこもった調子で芳児は言った。

その熱は、イトナの身体にはないものである。気味が悪い。

「要らない。私は蘇真人じゃないから」

「いいえ、我らは同胞でございます」

ずい、とさらに竹簡が押しつけられた。

イトナは、竹簡を押し戻した――つもりだが、さらに竹簡は近づいた。

気味の悪さが、イトナを慌てさせた。

踵を返し、その場を去ろうとしたが、肩をつかまれる。

書斎の前で腕をつかまれた時とはまったく違う。その力も、必死さも。

「放して。……嫌」

「読めばわかる！　我らは同じ敵を持つ者です！　敵の利のために命を捧げてはなりません！」

「放してったら！――あッ」

振り払おうとした拍子に身体が傾ぎ、イトナはその場に転んでいた。

なんとか顔は庇ったものの、腰と、腕とに痛みが走る。

(なんで私がこんな目に……！)

蘇真人の大変さには同情するが、だからといって、彼らの要求のすべては呑めない。嘲りも、受け入れるつもりはなかった。

「もういい加減に――あれ？」

言いかけて、イトナは芳児の姿がないことに気づいた。

そこに大股の、堂々とした足音が聞こえてくる。

(安曇だ！　西から帰って来てたの……？)

芳児が消えたのは、雀が鷹を恐れて身を隠すようなものであったらしい。

身体を起こし、着物の汚れを払おうとした時——あの古い竹簡が、目に飛び込む。

とんでもない置き土産だ。

(いけない！)

とっさに、イトナは竹簡を拾って抱えた。

芳児の様子から察して、竹簡には重要な内容が記されているはずだ。余人に見られてはならないものだろう。露見した場合、危険に晒されるのは彼の命だ。

竹簡を抱え込んだのとほぼ同時に、ぬっと日陰が現れた。

「どうした、イトナ。——転んだのか？」

どくん、どくん、と激しく鳴る心の臓が、口から飛び出してしまいそうだ。

「なんでもない。大丈夫——きゃ！」

イトナは、突然の浮遊感に悲鳴を上げていた。

安曇が、イトナの身体を抱え上げた——のだが、なにせ位置が高い。

竹簡ごと、イトナは安曇に抱きついていた。骨が大きく、覆う肉が硬い。なにからなにまで、未央や蓬萊園の園司たちとは違っている。

「危ういだろう。庭を歩くなら、人を伴え。怪我は？」

「……平気。下ろして」

イトナは安曇にしがみついたまま、ムッと口をとがらせた。

なにか言い返したいところだが、急激な身体の衰えは、自覚してもいる。

「人を伴うのが嫌ならば、杖を使え。竹箭ではなく、杖だ」

安曇の指が、竹箭に触れる。

ひやりと背が冷たくなった。別の話題を振らねば、と慌てたが、問いたいことは限られる。安曇は、西部の葦奈氏の拠点から戻ってきたばかりのはずだ。

「……斗水様は見つかった？」

「いや。残念だが、行方は知れぬままだ」

「西の人は、戦をしないでくれた？」

「ひとまずのところはな。だが、天の雫の完成が遅れれば、それだけ雲行きは怪しくなる。彼らは拠り所になる権威を求めているのだ。ただの日向国の王というだけでは、なかなかな。やはり大きな権威は欲しいところだ」

「じゃあ、天の雫が――あ……」

にわかに、胸を圧されるような痛みがはじまった。

呼吸を整えようにも、もう痛みは強く出てしまっている。

「どうした？　イトナ」

ここで誤魔化すだけの力は、もうなかった。

「横になりたい……」

安曇はあっという間に四阿に着いて、丁寧に、イトナを長椅子の上に下ろした。

「未央を呼ぶぞ」

「……要らない。少し、休んだらよくなる」

イトナは椅子の上に丸まって、痛みの波をやり過ごそうと耐える。

幸い、波自体は大きくない。

安曇の手が、イトナの背を撫でている。

抵抗を感じたのは一瞬で、次第に、その大きな手に慣れていった。

目を閉じて、慎重に呼吸を重ねていると――未央の足音が聞こえてきた。

「安曇、そこにイトナが――イトナ！　なにがあったの？」

未央が、慌てて駆け寄ってくる。

大丈夫――なんともない――と言いたかったが、身体は動かない。

「庭で転んでいたのを、助けた。運んでいる途中で、胸が痛むと言い出してな。今、寝かせたところだ」

安曇が、未央と話している。イトナの目の前で。

嫌だ。やめて。

未央が安曇を見るのも、安曇が未央を見るのも嫌だ。

胸をかきむしりたいような気持ちになったが、腕は動かない。

「……なにか、話をした？」

「いや。杖を使ってはどうかと——いや、西での交渉について聞かれた」

ふぅ、と未央はため息をついた。

二人の会話は、イトナの焦燥をよそに進んでいく。

「イトナは、可愛いでしょう？」

なにを言い出すのかと思えば、未央は大真面目にそんなことを言い出した。

「そうだな。愛らしい」

安曇も安曇で、真面目に返している。

醜い、と芳児たちが言った匙子の姿を、そうとは思わぬ者もいるらしい。

「とても好奇心の旺盛な子だし、聡いものだから、つい話したくなるとは思うけれど。政に関することは、あまり伝えないでほしいのよ。強い感情は、匙子の身体では収めきれない。命を縮めるわ」

未央が、イトナの手や脚に触れている。

「わかった。気をつけよう。しかし、聡いものを鈍く保つのは難しかろう。……いや、そのための鳳山か」

「ええ。早く鳳山に戻してやりたい。ここは、匙子が生きるのに向いていないから」

そっと、未央の手がイトナの髪を撫でた。

これはイトナの状態を確かめるための動作ではない。労わりが、身体に沁みる。

「しかし、鳳山の警備ではそなたらを守り切れなかった」

「えぇ、わかっている」

「西の件だが、あとで詳しく話す。斗水の行方はわからず――」

急激な眠気に襲われ、意識が遠のいていく。

妹の行方が知れぬという悲しみさえ、イトナは未央と分かちあえない。それが、ひどく悲しかった。


――声が聞こえる。

夢の中の紅い髪の骸の山が、ふっと遠ざかっていった。

「私は、大王の娘よ？　天の雫は、私が帝に献上するわ」

まだ、夢が続いているのだと思った。

その声は、幼い頃の印象とは違っていたが、話す内容で真珠だとわかる。

（嫌な声。聞きたくない）

イトナは、繭床の中で耳を塞ごうとした。

その手に、なにかが触れる。――乾いた音が、かすかにした。

「この宮の主は、もう父君ではございません。北宮を直接訪ねてくるなど、危険が過ぎます」

「貴女が、私の文を受け取らないからでしょう？　いつからそんなに尊大になったの？　謀反人の娘のくせに！」

「しかし——」

イトナの指に触れたものは、竹簡であった。

芳児の、必死の形相がパッと頭に浮かぶ。

（夢……じゃない）

急激に、夢と現との境が鮮明になった。

「とにかく、天の雫を私にちょうだい。簒奪者なんかに渡さないで。まさかとは思うけど……貴女、安曇の妻に収まって、この宮を手に入れるつもりじゃないでしょうね？」

「それはあり得ません。私は、鳳山の斎宮です」

「いい？　甘露宮は、私のものよ。抜け駆けなんて許さない。六連は私がもらうから、絶対に手を出さないで。彼とは話がついてるの。私は彼の妻になる」

それが現実だとわかると、ざわざわと寒気がしてきた。

（六連……？　真珠様は六連と通じているの？）

六連は、天の雫だけでなく、雨芽薬主の末裔の血を求めていた。甘露宮に移った未央を諦めて、真珠に接触したのかもしれない。

そうして、真珠は未央から天の雫を奪おうとしている。おおよそ想像がついた。

（この人は、昔と全然変わってない！）

どこまでも真珠は未央を利用する気でいる。努力も、選択も、未来をも横から奪う気なのだ。

（あんな人に、天の雫を渡したくない！）

イトナは、繭床の蓋を開けた。

真珠は、堂々と正面から入ってきたわけではないはずだ。大声を出せば、人が駆けつける。きっとすぐに逃げていくだろう。

「真珠様。貴女のもとに集まった旧臣らは、天壺国の威光を取り戻さんとしております。今後も、蘇真人を奴婢として使役し続けるでしょう。蘇真人の解放を掲げる六連とは相容れない――いえ、天壺国は六連にとっては仇敵。手を結ぶなど不可能です」

「そんな口車には乗らない。向こうから声をかけてきたんだから、手くらい組めるに決まってるじゃない。私は、甘露宮を取り戻したいの」

「いいえ。彼の狙いは、天の雫と、天壺国の王女の腹だけです。今すぐ、六連と手をお切りください。危険です。すぐにも母君のご実家を頼り――」

「指図しないで！　とにかく、天の雫をよこしなさい。そうしたら、貴女の忠誠を信じてあげる。――さっき言ったとおりに、持ってくるのよ。北宮にいる女官の浅《あさ》葱《ぎ》に言えば、私に繋がるから」

そっと繭床の蓋を置き、床に下りようとして――

かしゃり、と思いがけず大きな音がした。竹簡が、床に落ちたせいだ。

大きな音ではなかったが、真珠を追い払うには十分であったらしい。慌てた足音が遠ざかっていく。

「まぁ、イトナ、起きていたの——大丈夫?」

戸が開き、小部屋に未央が入ってくる。

手燭《てしょく》を近づけてイトナの顔を確認し、ホッとしたように笑みを見せた。

「大丈夫。休んだら、楽になった」

イトナは、なにも知らぬ風を装った。嘘をついているわけではない。未央も、きっとイトナには今の話を聞かれたくなかったはずだ。

「よかった。さ、薬湯を飲みましょうね。——あぁ、その竹簡。貴方、ずっと抱きしめていたのよ?……ありがとう、イトナ。そんなに一生懸命になってくれて」

書斎に戻った未央は、湯を沸かしはじめている。

イトナの持っている竹簡は、ごく古いものだ。開かなければ、ふだん読んでいる資料と見分けがつかない。

(私は、こんなもの読まない)

イトナは未央の匙子としてしか、生きる道がない。

この竹簡が未知の箱の鍵だったとしても、イトナは箱を開けるつもりなどないのだから、不要なものだ。

竹簡を、棚の奥にしまう。目に入らぬよう、一番奥の方に。

それが、イトナなりに出した答えであった。


――その日が、来た。

常古紫三《じようこしさん》、大匙一。蒸したのち天日に三日晒し、これを混ぜ丸薬とす――未央の筆が、獣皮紙の上を滑る。

日常のようなあっけなさで、八百年かかった作業が終わった。

最後の一つの丸薬の薬箋が、完成したのだ。

あとは、甘露宮内に作った臨時の薬工房に、薬箋を渡せばいい。

「内緒よ。桜良にも言っては駄目。約束して」

未央は、イトナの手をぎゅっと握って囁いた。

喜びの中でも、未央は慎重だった。

「安曇にも言わないの？」

「言わないわ」

未央は、七穂国への使いを密使に託した。

使いが七穂国に着くまで、七日。

一穂五臣のために用意される丹馬車《にばしや》が、甘露宮に到着するまで、七日。

さらに七日かけて丹馬車が七穂国に着けば、あとは七穂帝に謁見し、天の雫を献上することになる。未央は大王になり、その地位を安曇に委任するのだ。

安曇は、戦を望んでいない。

きっと、これで東星方に平穏が訪れる。

イトナの胸は、感動に震えた。

あとは、未央さえ山に戻ってくれればすべてが終わる。

「帰りには、きっと海に行きましょうね。少しだけ、遠回りをして」

「うん」

未央は、いつもそうするように薬工房の様子を見にいくと言った。これは毎日のことなので、不自然さはない。

周囲の目を欺くため、イトナはいつもどおり庭に出る。

目はかすんでいたが、心は晴れやかだ。

(死ななくて、よかった。——生きていて、よかった)

鳳山が火災に見舞われた日、イトナは自身の選択を悔やんだ。匙子になどならなければよかった——と。けれど、歯を食いしばってきたからこそ、今がある。

(これで、全部終わる。——鳳山に帰れる)

けれど——帰ったところで、蓬莱園は別の場所になっているだろう。

もう、雛子はいない。匙子もいない。そんな場所は、果たしてイトナの帰る場所だと言えるのだろうか。

炎が、すべてを奪ってしまった。あの炎が。

かすかに木の焦げたにおいが、したような気がした。

きっと、あの日の火災の記憶が、そう感じさせているのだろう。

(いけない。こんなことを考えたら……また胸が苦しくなる)

まるでイトナの心のざわめきと呼応するように、辺りが騒がしくなってきた。

──火が。

その、かすかに聞こえた声は、幻聴ではなかった。

(あぁ……煙が……！)

細い煙が北宮から見えている。

木の焦げたにおいも、幻ではなかったのだ。

鳳山を襲った、数々の悲劇の記憶が、どっと押し寄せてきた。

逃れたつもりの闇が、また襲ってきたのか。へなへなと、その場に座り込みかけた──その時だった。

いきなり、背の方から何者かにつかまれた。

「……ッ！」

悲鳴を上げる暇もない。

ガサガサッと大きな音が耳元でして、枝やら葉やらが、顔と手に傷を作る。

「イトナ、オレだ」

薬草畑の、木と木の間に引き込まれたらしい。

聞き覚えのある声に、イトナは恐る恐る瞼を上げる。

「六連……？」

目の前の大男を、イトナは唖然として見上げた。六連は、追われる身だ。甘露宮は安曇の拠点。しかも扶桑園は、王の住まいたる北宮の中にある。驚くあまり、言葉も出ない。

（どうして――ここに六連が？）

そうだ。真珠が宮の中に現れたのも、おかしいと思っていたのだ。いくら手引きをする女官がいたといっても、異常な事態である。

手引きする者。そして、出入りできる場所。どちらもが必要になる。

イトナは、ハッと息を呑んだ。

（穴が――塞がれていないんだ）

猫が入ってきた時点で、柵に穴があることはわかっていたのに。

芳児や、慶児が、穴に関してなにか隠していることもわかっていたのに。

未央に言うべきだった。安曇に言うべきだった。

後悔した。だが、もう遅い。目の前にはもう、大男がいる。

「竹簡を読んでないのか？」

「……よ、読んでない」

チッと六連は舌打ちをした。「使えん浄人め」と言ったのは、芳児への評だろう。

「読め。すぐに読め。時間がないいんだ。――もう、天の雫はできているんだろう？」

どくん、と心臓が跳ね上がる。

それは、未央とイトナしか知らないはずの情報だ。

なぜ、六連がそれを知っているのか、まったくわからない。

「ま、まだ……まだ、できてない」

今のイトナにできるのは、しらを切ることくらいだ。これは天の雫を守るためなので、許容される嘘だろう。

「隠すということは、やはり竹簡は読んでいないんだな。……いいか。竹簡を読んだ。読めば、お前の倒すべき敵がわかる。オレがお前たち雛子の無念を晴らす。――いいな？　落ち合う場所も、方法も、竹簡の中に忍ばせておいた。必ず見ろ」

イトナは、ぶんぶんと首を横に振る。

「読めない。読まないって決めたから」

「読むんだ。お前たちの姿を、そんな惨めなものに変えたのは誰だ？　未央のために命を捧げたのでは、雛子の無念は晴れないぞ。それでいいのか？」

六連の言い分が、イトナにはまったく理解できない。

竹簡を読み、未央を憎め、と六連は言っているのだ。

できるはずがない。いや、したくない。

「嫌。絶対に読まない」

「天の雫は、天壺国の王族に持たせてはならんのだ。蘇真人がまた千人殺されてしまう。蘇真人の解放は、帝のご意思だぞ。――オレに託せ」

「私は、蘇真人じゃない。蘇真人の戦いには、加われない」

「なにを言う。髪色でわかるだろう？　瞳の色でわかるだろう？　オレたちは、同じだ。目を覚ませ。竹簡を読むんだ、イトナ。お前の誇りを取り戻させてやる。天の雫を――」

「未央様を傷つけた人の言うことなんて、聞けない」

イトナは、キッと六連をにらんだ。

沢下の村で、未央を襲おうとした六連を、イトナは許してはいない。蓬生も、衛兵も殺された。彼は憎むべき存在で、その指示に従う気になどなれなかった。

「違うぞ、イトナ。あれは救済だ。傷つけるつもりなど――」

さすがに、敵地でいつまでも演説を続けるわけにはいかなかったようだ。

最後に「竹簡を読め！」と繰り返し、六連は慌ただしくその場を去る。

（なにが救済なの……？　六連に従うことで、救われるものなんて絶対にない！）

イトナは、無理やり引きずり込まれた木の間から、慎重に這い出た。最近は傷の治りも遅いので、これ以上擦傷は増やしたくない。

（とにかく、戻らないと……きっと、私の姿が見えなくて、桜良が困ってる）

身体を起こそうとした時――目に飛び込んできたものがある。

「あ――」

畦道に倒れているのは、あの毛足の長い白猫だ。

（淡雪……！）

芙蓉の飼い猫だ。慌てて這い寄り、状態を確認する。身体はぴくぴくと痙攣《けいれん》し、口から泡を吹いていた。

つややかな烏葉が、辺りに散っている。香りに誘われ、毒とも知らずに口にしたらしい。

「ど、毒消しを……飲ませないと」

このままでは死んでしまう。しかし、小さなイトナでは、肥った猫は運べない。人を呼ぼうにも、北宮は騒ぎの中で、声など届きそうにもなかった。

（蛍光庵に戻らないと……あぁ、苦しい……）

胸が、鉛を飲んだかのように重い。――痛みの前兆だ。

立ち上がり、一歩踏み出した途端に足がもつれた。

ころりと転んだ拍子に、安曇からもらった貝殻が、懐から転げ出る。

地面を彷徨っていた目が、美しい沓《くつ》に、そして鮮やかな緑の着物の裾に吸い寄せられる。

芙蓉だ。あの、華やかな香りがした。

「な――なにを……お前、なにをしているの？」

芙蓉の拳が、わなわなと震えていた。

「猫が……毒を……」

言葉が詰まって、うまく出ない。

呼吸が、苦しい。

「毒？　淡雪に毒を飲ませたのね？」

「違う。毒消しを――」

「主の差し金に決まってるわ。許せない……早く、その化物を連れていって！」

――未央様。

必死に、イトナは未央を呼んだ。

助けて。助けて。イトナは、心の中だけで叫び続け――恐怖の中、意識を失った。


――身体が、痛い。

目覚めたのは、檻の中だった。古びた木の格子に、湿って、冷たい石の床。カビくさい空気は、他の様々な異臭も含んでいた。

「痛……」

冷え切った身体は、強張っている。

だが、呼吸はできた。生きている。まずその事実だけをイトナは喜んだ。

（生きてる。……時間は、そんなに経ってない）

飢えは感じるが、生きている。最後に翡翠糖を飲んでから、せいぜい半日程度しか経っていないようだ。

イトナは、ゆっくりと身体を起こす。

「……イトナ様」

思いがけず近い場所で、声がした。

パッと後ろを見ると、そこに芳児がいる。

イトナは、芳児と同じ牢に入れられているらしい。

「芳児……どうして――ここに？　火事は？　どうなったの？」

「小火でしたから、すぐに消し止められましたよ。納屋が一つ焼けただけです」

ほっとイトナは胸を撫で下ろした。

鳳山を襲った死の闇は、ここまでは届かなかったようだ。

「猫は――淡雪は？」

「死にました」

あぁ、と嘆いて、イトナは顔を押さえる。

人は死ななかったが、猫は死んでしまった。もっと早く見つけられていたら――

六連に邪魔をされていなければ――と悔やまずにはいられない。

「じゃあ、淡雪が死んでしまったから……芳児は牢に入れられたの？」

「私のことはいいんです。もうすぐ助けが来ますから。——ご自分の心配をなさった方がよろしいのでは？」

芳児は、ふん、とイトナの問いを、鼻で笑った。

言われて、ハッと息を呑む。牢の中に閉じ込められている限り、薬湯を手に入れる手段がない。つまり、程なくして死ぬということだ。

「……誰か、いる？　誰か！」

恐怖にかられ、檻の外に向かって叫んでみたが、返事はない。

絶望が、重い。飢えて死ぬ前に、心の臓が止まってしまいそうだ。

「それで……お渡しした竹簡は読んだのですか？」

「読んでない。——誰か！」

「どうして？　貴方は読むべきだ！」

「読みたくないの！」

イトナは、つい声を荒らげていた。

ふだんの暮らしでは、出すことのない大声に、自分でも驚く。

「あれは輝夜帝が、六連様に、特別に授けられた竹簡でございますよ？」

「誰のでもいい。知らない」

「このままでいいのですか？　天壺国の王族に利用され、人生を終えて、それで満足して死ねますか？　そんなおぞましい姿にされて——」

「私を、醜いだの、おぞましいだのと言う人の言葉は信じない！」

イトナは、さらに大きな声で怒鳴り、檻を叩く。

拳が痛い。だが、構ってはいられない。

「なんだ。うるさいぞ！――おぉ、こいつ動いてる！　見てみろよ！」

兵士が駆けつけ、イトナを見るなり驚きの声を上げた。

他の仲間も近づいてきて「本当だ」と目を丸くしている。

「私は匙子だから、薬師の薬湯を飲まないと死んでしまうの。未央様を呼んで」

イトナが頼むと、兵士は「喋ったぞ！」とさらに驚いていた。

「なんだ、こいつ。話ができるのか……」

「喋る知恵があるなら、騙す知恵もあるだろう。信じるな」

その侮蔑のこもった兵士の言いように、イトナは衝撃を受けた。

薬湯がなければ死ぬのは、嘘ではない。事実だ。しかし彼らが真実だったと知るのはイトナが死んだあとである。

「未央様が呼べないなら、安曇でもいい。彼なら、私を見殺しにはしないから」

イトナは、必死だった。

まだ死ねない。死にたくない。

鳳山を焼いた者を殺すこともできぬまま、死にたくはなかった。

「なんだ、こいつ。王を呼び捨てやがって！」

ガン！　と兵士が檻を蹴る。

「きゃッ！」

衝撃が伝わり、イトナはその場に尻餅をついた。

(死にたくない……)

じわりと涙が浮いてきた。

こんな場所で、絶望に打ちひしがれ、死んでいくのは嫌だ。

「――やめた方がいい。この雛子は、王のお気に入りですよ」

芳児が、呟くように言う。

「なんだと？」

「この雛子は斎宮の飼い猫ですが、王も目をかけています。芙蓉様の命で檻に入れたのでしょうが、告げ口でもされては、あとで首が飛びますよ」

牢を開けて兵士が入ってきたかと思うと、いきなり芳児の襟首をつかみ、拳で殴りつける。イトナは「きゃあ！」と悲鳴を上げていた。

「汚らわしい浄人が、出しゃばるな！　誰が喋っていいと言った！」

どさりと倒れたところを、芳児はさらに三度蹴られた。

兵士は舌打ちをして出ていき、しかし思うところはあったのか「どうする？」「信じるのか？」と話しあいながら檻の前から離れる。

「大丈夫？　芳児。……庇ってくれて、ありがとう」

倒れた芳児に、イトナは近づいた。

「……恩は返さなくていいから、竹簡を読んでください」

「なんで、そんなに竹簡を読ませたがるの？」

「私が口で言っても、無学な浄人の言葉など信じないでしょう？　でも、竹簡を読めば、きっとわかってもらえる。天の雫を六連様に渡したくなりますよ」

芳児は、のろのろと身体を起こす。切れた唇から血が出ていた。イトナは手布を渡す。

「……私は、望んで未央様の匙子になったの。だから、六連の味方はできない」

「その斎宮こそが、我らの仇敵です。天壺国の王族は、憎むべき存在。我らは同胞なのです。野蛮な征服者が、私たちを分断した。貴方たちは雛子にされ、私たちは奴婢にされた。……雛子はそんな身体になったから、大事に守られてきたんでしょう。でも、我らは違う。奴婢として使い捨てにされ、踏みにじられてきた。私たちは幼い頃に浄人にされ、若いうちは宮仕え。年を取ったら鉱山送り。でも――六連様が大王になれば、我らは救われる。土地を持ち、家を持ち、財を持つことができるようになります。慈悲深き輝夜帝が守ってくださる。西華方の蘇真人は、実際に救われましたから」

未央が雨芽薬主の子孫なら、その慈悲深いという輝夜帝は天照日尊の子孫だ。天照日尊が八穂島に降臨するにあたり、従えていた臣が雨芽薬主なのだから、両者は共に、芳児の言葉で言うところの野蛮な征服者ではないのか。

蘇真人の血を引く六連を、解放の旗手と崇める気持ちはわかる。しかし、未央が仇敵で、輝夜帝はそうではないと考える理屈が、イトナにはわからなかった。

「……本当に？　本当に、蘇真人は解放されるの？」

「もちろんです。六連様は、蘇真人の救い主ですから。その証拠に、必ず我らを助けてくださると約束してくださったんです。もうすぐ迎えが――」

大きな足音が、聞こえてきた。

堂々としていて、大股の、足音。荒々しいようで、隙がない。

「あ――」

イトナは顔を上げて、檻の外を見た。

その足音は、芳児の耳にも届いたようだ。檻に駆け寄り「ここです！」と叫ぶ。

（六連が……ここに？　まさか）

先ほど、イトナは六連に会っている。

甘露宮の近くにまだいるかもしれないが、身を潜めているはずだ。兵士のいる牢の中まで入ってくるとは思えない。甘露宮を制圧でもしていなければ不可能だろう。

（あり得ない。六連には、そんなことできないもの）

六連に、それほどの力はないはずだ。

イトナが甘露宮に入ってから、見聞きしたことだけでも判断ができる。兵も少なく、支持者も多くはない。六連は、安曇をしのぐ知恵を持っていないのだから。

なぜ、六連が助けにくると芳児が信じているのか、イトナには理解できなかった。

「六連様！　ここです！　私はここにいます！」

檻の外に向かって叫ぶ芳児は、正気を失っているようにさえ見える。

「芳児、違う！　あれは六連じゃない！」

あれは、安曇だ。

苛立ちながら、何度も聞いた足音なので、イトナが聞き間違うはずがない。

バン！　と大きく扉が開く。

「イトナ！　いるか！」

安曇の声が響いた。

芳児は檻にしがみついたまま、ぴたりと動きを止める。

イトナには希望の光だが、芳児にとっては絶望の闇であったろう。

「安曇！　ここ！」

「おぉ、そこか……捜したぞ！」

安曇の姿が見えた途端、イトナの碧色の目から涙が溢れた。

「安曇！　安曇！　助けて！」

「すぐに出す。待っていろ」

安曇の姿は、涙でぼやけた。

ガシャガシャと慌ただしく鍵が開けられ、檻の中に安曇が入ってくる。

「助けて……動けない……」

「よく耐えた。えらかったぞ」

安曇の大きな手と太い腕が、イトナを抱き上げる。

子供扱いするな、と抗議する余裕などなかった。うわぁん、と声を上げ、イトナは泣きながら安曇にしがみつく。

「怖かった……怖かった……猫が──毒が──」

「わかった。わかったから、ゆっくり息をしろ。また胸がつらくなるぞ」

安曇の手が、背を優しく撫でている。

「きゃあ！　イ、イトナ様！」

扉のところで、桜良の悲鳴が聞こえた。

「ここだ、桜良。イトナは俺が抱えて運ぶ。そなたは未央に知らせ、薬湯の準備をはじめさせてくれ。身体が冷えている」

安曇は大きな身体を屈めて、イトナを抱えたまま檻から出た。

駆け寄ってきた桜良は、髪を振り乱し、額には汗をかいていた。きっと駆けまわり、イトナを捜してくれていたに違いない。

「す、すぐ斎宮様にお知らせして参ります！」

桜良は涙をぬぐい、牢から出ていった。

安曇はしっかりとイトナを抱き締めた。少し、寒気が治まる。

「走るぞ。しっかりつかまっていろ」

「――待って。芳児が……」

イトナは、まだ檻の中にいる芳児を見た。

絶望に震えながら「なんで雛子だけ助かるんだ……」と呟いている。

「イトナ。この者は北宮に火を放ち、六連の出入りも手引きしている。出してはやれん」

「え……？」

安曇は歩き出し、檻の中の芳児の姿は小さくなった。

「――死にたくない！　助けてくれ！　イトナ様、さっきアンタを庇ってやっただろう？　俺とアンタとで、なにが違う？　同じだろう？　なんで俺は鞭でぶたれて、殴られて、殺されるのに、アンタは違うんだ。身体を変えたからか？　俺だって変えた！」

芳児の叫びが、扉が閉ざされたことで遠くなる。

安曇が走り出し、イトナの耳でも、芳児の絶叫が聞こえなくなった。

「六連を――待ってるの。助けにきてくれるって、信じてた」

「覚えておけ。あれが六連の正体だ。耳触りのいい言葉だけを並べ、煽るだけ煽って事を起こさせ、失敗の責任も取らずに逃げる。浪崗、澄泉、羽野。すべてそうだ。

赤川谷でも無謀な突撃をさせ、蘇真人を数百人殺している。……あいつの髪が黒ければ、誰も耳を貸さなかったろう。蘇真人にとっての不幸は、六連の髪が紅かったことだ」

牢を出て、階段を駆け上がる。

外は、もう暗かった。どうりで身体が冷えるわけだ。

見たことのない場所を、安曇は足早に進んでいく。

「どうして……六連はそんなことをするの？」

「後ろ盾があるからだ。あの阿呆は阿呆で、唆《そそのか》され、踊らされている。だから鳳山も——いや、今はその話はよそう。そなたは、未央のことだけ考えていろ」

やっと、見覚えのある場所に差しかかる。

蛍光庵の渡り廊下を進む頃には、身体の震えが止まらなくなっていた。

目がかすみ、意識は朦朧《もうろう》としはじめたが、未央の声だけは聞こえる。

匙で口元に運ばれた薬湯を、一口、二口と飲むと、わずかに熱が戻ってきた。

飲み終える頃には、三つの火鉢に囲まれ、未央に抱えられていることが理解できた。安曇の姿は、もうない。

「未央様——」

「よく耐えたわ、イトナ。もう大丈夫よ」

命の危機は去ったのだ。

髪を撫でる未央の優しい手が、深い安堵をもたらす。

「さ、お着替えをいたしましょう、イトナ様。身体が冷えてはいけません」

桜良がそう言って、イトナを抱き上げた。

未央の白い着物は汚れていて、それが牢にいた自分に触れたせいだと気がついた。桜良の着物もすっかり汚れている。

イトナは衝立の向こうに運ばれ、桃葉に着替えさせてもらった。桜良も自分の着替えを終えて、戻ってくる。丁寧に髪を梳かれ、汚れも拭われる。焚かれた香が心地いい。

「さ、このまま床に入りましょう」

「ちょっとだけ……一人になりたいの」

わかりました、と言って、桜良は桃葉と一緒に下がっていく。

心を、落ち着けたい。海の音が聞きたかったが、あの貝殻は薬草畑で見失ったきりだ。イトナは、深い呼吸を繰り返した。

――棚の後ろに、それはある。

(なにが……書いてあるんだろう)

我らは同胞なのです――と芳児は言った。

紅い髪、鮮やかな瞳。蘇真人と雛子の持つ色彩は、たしかに似通っている。

芳児の言う野蛮な征服者は、黒い髪の人たちだ。島人だ。すると、黒い髪の人たちが言う蛮族には、蘇真人だけでなく、雛子も含まれるのだろうか。

（まさか）

そんな話は、到底呑み込めない。

天照日尊と共に、八穂島に降り立ったのが雨芽薬主。その雨芽薬主の傍らにいたのが、匙子だ——とイトナは教えられた。

（雛子は、蓬莱山から来たんじゃないの……？）

降臨した天照日尊に向かって矢を放ったのが、八穂島に土着していた蘇真人の王だ。匙子の薬が、矢に倒れた天照日尊を癒しているのだから。両者の立場はまったく違う。敵と味方だ。

棚の後ろに隠していた竹簡を、手に取った。

この竹簡を未央に渡した上で、入手した経緯から伝えるのが、一番安全な選択肢だろうとは思う。しかし、そうしてしまうと箱は一生開けられない。

（それで……いいの？）

それでいいのか？　と六連の声が頭に響く。

箱は開けないと心に決めたはずなのに、今、イトナは迷っている。

（いいの？　本当に……？）

竹簡の紐を、しゅるりと解きかけた——その時だった。

廊下の方から、バタバタと足音が聞こえてきた。

一人ではない。数人いる。

音は、書斎の前でぴたりと止まった。

「化物を引き渡して。できないなら、首に縄をかけて引きずっていくわ」

蛍光庵に響いたのは、芙蓉の声だ。

すぐに寝室から、未央が出てくる。イトナも恐る恐る、衝立の横から顔を出す。

美しい緑の着物の芙蓉が先頭におり、その後ろでは衛兵が槍を構えていた。物々しい様子に、恐怖を覚えずにはいられない。

桜良が「顔を出してはいけません！」と慌ててイトナを背で庇った。

「化物など、ここにはいないわ」

「その、そこに隠れている雛子のことよ。さっさと引き渡して」

「猫の件でしたら、本当にお気の毒です。ですが、私の匙子は関与していません。薬草畑がある以上、庭に出さぬのが――」

「猫なんてどうでもいい！」

芙蓉の一言に、イトナはひどく驚いた。そして、傷ついた。淡雪は、芙蓉の飼い猫だ。その死を指して、どうでもいい、とはあんまりではないのか。

「では、なにが――」

「貴女、六連様と通じているんでしょう？」

「私が？」

話が突飛すぎて、イトナにはさっぱり理解できない。

桜良の背ごしに様子をうかがえば、未央は呆れ顔で「冗談じゃない」と言っていた。イトナもそう思う。あの六連と未央が通じるなど、夏に雪が降るよりあり得ない。

「天壺国の旧臣たちと図り、安曇様の殺害を目論んだんでしょう？——その雛子が、六連様からの密書を受け取っているはずよ」

イトナの顔から、サッと血の気が引く。

（この——竹簡のことだ）

手に持っていた竹簡を握る手が、震えた。

わけのわからぬ言いがかりをつけにきた——と思っていたが、どうやら違う。芙蓉は、明確な目的をもってここに来ている。

「密書なんて、受け取っていないわ。受け取っていても、読まずに燃やす」

「私の側付の浄人が告白したのよ。たしかに渡したって」

イトナは、戸惑った。

六連と通じて、天壺国の旧臣団の旗頭になっているのは、未央ではなく真珠だ。しかし、真珠が蛍光庵まで来たのも事実。六連が、芳児を通じてイトナに竹簡を渡したのもまた事実。そして、竹簡はこの手の中にある。

牢に入れられ、命の危機に瀕した記憶が、イトナを焦らせた。

（未央様を守らなくちゃ……今度は、ぶたれるだけじゃ終わらない！）

芙蓉の狙いは、未央だ。

あるのは、怒りに任せた衝動だけ。ムミツがイトナを突き飛ばすのと同じである。

勢いだけの一撃さえかわせば逃げ道はある——とイトナは判断した。簡単だ。身の潔白さえ示せばいいのだから。

「ここにある！」

イトナは、芙蓉に向かって叫んだ。

桜良が仰天しているのをよそに、イトナは手に持った竹簡を掲げた。

「イトナ……？」

「ごめんなさい、未央様。芳児が、竹簡を押しつけてきたの。でも、きっとよくないものだから、読んでない。密書かどうか、未央様がたしかめて」

イトナは、未央に竹簡を渡した。

未央は、受け取った竹簡をまじまじと見る。

「こんな古い竹簡を、芳児が、貴方に渡してきたの？」

「うん。だから密書だなんて、思わなかった。隠していて、ごめんなさい。断ったのに、置いていかれたの。誰かに見られたら困ると思って、持って帰った」

イトナは、隠さず伝えた。

この場の危機だけは脱した——と思ったのも束の間である。

芙蓉は「早く読んで！」と尖った声を出す。

「声に出して、この場で読み上げなさい」

あ、とイトナは声を上げていた。

この場の目的が、やっとわかったからだ。

これは芙蓉の計画ではない。仕掛けたのは、牢にいる芳児だ。

芳児は、イトナに竹簡の内容を知らせるために、芙蓉を焚きつけたに違いない。

その後ろには、六連がいる。

(失敗した)

イトナは、知らぬふりをしてやり過ごすべきだったのだ。

なにせここには、竹簡など山ほどあるのだから。彼らが調べている間に、安曇が介入してくれただろう。早計だった。だが、悔やんでも、もう間にあわない。

未央は竹簡の紐を解き、カラカラと開く。開く直前まで、未央は茶番に飽いた顔をしていた。馬鹿馬鹿しい、とばかりに。

その表情が、次第に強張っていく。

「……これは……なに？」

「謀反の証拠でしょう？　なによ、今更」

「違うわ」

謀反の証拠などであるはずがない。なにせ、見るからに古い竹簡である。

書かれているのは、雛子に関する事柄だとイトナは推測していた。そして、きっと天壺国の王族には、都合の悪い事柄だ。

「早く読みなさい！　読めないのは、後ろ暗いところがあるからよ！」

芙蓉の鋭い声を、未央は拒絶する。

「……読めない」

「謀反の証拠だからでしょう？　観念するのね」

芙蓉が、じり、と未央に近づく。

「できない！」

未央は、火鉢の中に竹簡を放った。

あ！　と芙蓉ばかりか、桜良も声を上げる。

ふわりと解かれた紐に、火が移った。

「な、なんてことを！　証拠を消す気!?」

「ただの古文書よ！　密書なんかじゃない！　手を出さないで！」

芙蓉が未央を突き飛ばし、火鉢に手を突っ込んだ。

未央は、それを阻止すべく芙蓉を突き飛ばす。

衛兵も止めるに止められず、オロオロとしている。それは桜良や桃葉も同じだ。

なにせ相手は、斎宮と王の妃だ。割って入ることのできる者など、いはしない。

芙蓉が火鉢から拾い上げた拍子に、綴じた紐が切れたのだろう。竹簡はバラバラになって床に落ちる。

「あ――駄目！」

「放して！」

未央の腕を、芙蓉が払う。

手やら足やらが、落ちた竹簡をあちこちに飛ばす。

その幾つかが、イトナの足元で止まった。

「あ！　そ、袖に――お袖に火が！」

叫んだのは、駆けつけたばかりの葵衣だった。

芙蓉の淡萌黄《あわもえぎ》の羽織の袖に、火がついている。

「きゃああ！　火！　火が……！」

火鉢の上でヒラヒラと長い袖を舞わせていたので、引火したようだ。

書斎は大騒ぎになった。桜良も悲鳴を上げながら、火を止めるべく走りだす。

床に落ちた布を叩く音。水、水、と叫ぶ声がする。

イトナはその騒ぎの輪から離れていた。自分がそこに飛び込んでも無意味なことは、わかっている。

喧噪《けんそう》が、遠い。イトナの目は、足元の竹簡に吸い寄せられていた。

『産道はなし。繁殖は開腹にて行う。摘出に先んじて縊《くび》るべし』

『骸は窯にて焼き、その灰を肥として用う。白肥と呼ぶ』

『祈禱には、雛子の首が最上ながら貴重にて、常は紅人《こうじん》を用う。その下は鶏』

紅人、という言葉は、蘇真人を連想させた。

同じ鹿青の生まれの仲間たち。薬草畑の白肥。澄泉で見た鶏の首。――その横にあった、紅い毛のなにか。澄泉の里の者が、蘇真人の報復を恐れる様。

様々な映像が、頭を駆け巡る。

散った竹簡のうちの一本を、イトナは手に取った。

『蛭子《ひるこ》は不老不死の妙薬。蓬萊の秘技』

『秘技を残すため、紅人と蛭子を掛けあわせたものを雛子と呼ぶ』

蛭子、という言葉と共に、イトナの頭の中に蘇ったものがある。

鳳山の、沢下の村の近くで倒れていた園司の骸。彼女が抱いていた、なにか。

体毛もなく、鼻梁もない小さなそれは、蛭を思わせる姿をしていた。

――胸が苦しい。

ゆっくりと圧迫される感覚を経ず、激痛がいきなり襲ってくる。

イトナの意識は、呆気なく途切れた。

突然、意識が浮上した。

紅い髪の、積み重なる骸。鳳山で見た不思議な生き物。燃やされる合繭――

様々な映像が流れ――しかし、夢からの覚醒は急速だった。

頭が痛む。倒れた時に打ったのかもしれない。

ゆっくりと蓋を下ろした途端、びくっと身体が竦んだ。

そこに、未央がいる。脇息にもたれたまま、眠っていた。

「イトナ――」

蓋を置いた音で、未央が目を覚ます。

「……あれは、本当？」

イトナの問いに、未央は「えぇ」と静かに答えた。

「私たちの祖は、大陸から来たと言われているの。島の何百倍もある大きな土地よ。天から降りてきたわけじゃない。――イトナは、蛭子を……知っている？」

「鳳山が焼かれた時に、見た。すごく……小さかった」

「桜良に聞いていたわ。貴方が蛭子の姿を見たようだって。……そう、それが蛭子。大陸から雨芽薬主が連れてきたと伝わっている。その頃は、まだ雛子はいなかったの。八穂島の環境に適応させるため、蛭子を紅人――蘇真人と掛けあわせたのが雛子よ」

雛子は、蓬莱から来た。雛子は、蘇真人の末裔。人から聞いた二つの話は、矛盾なく並立できていたらしい。

しかし、掛けあわせる、という言葉に嫌悪を感じずにはいられない。イトナは蛭子の姿を見ている。人と蛭子の交配が、自然に成立したとは思えない。

「なんで、そんなことしたの……？」

「蛭子は、聴覚と嗅覚に優れていた。薬草の毒の有無を見分けさせるために、用いられていたと記録には残っているわ。未知の土地に渡るにあたって、必要だったそうよ。ただ、視覚も備わり、言語を操れる、蛭子より長く生きる雛子が生まれてからは、彼らの役目はなくなってしまった」

未央の白い顔は、月明かりの下で青く見えていた。

黒い瞳は静かで、感情が見えない。お陰で、イトナも取り乱さずに済んだ。

「蛭子は、ずっと蓬萊園にいたの？　私、知らなかった」

「園の外に、蛭子を育てる場所があるの。産屋《うぶや》、と呼んでいたわ。……もう、焼けてしまったけれど。番の雛子からは、一人しか雛子が生まれない。もう一人は蛭子。蛭子同士の子でも同じ。一人は雛子で、もう一人は蛭子。蛭子は五年くらいで出産できるから、そうして雛子は数を保ってきたのよ」

そう、とイトナは相槌を打った。

いつぞや、六連が言っていた。一人の雛子から一人しか子が生まれないとすれば、数は半分になり続けるはずだ、と。

疑問の答えは、ここで出た。イトナのきょうだいは蛭子だったのだろう。同じ日に生まれているのなら、名前も同じだ。寿命が五年なら、もう一人のイトナは、火災を待たずにこの世を去っているはずだ。

「蛭子は……なにをしているの？」

「なにも。彼らは、八穂島の土地に合わず、小型化して、寿命も短くなってしまったから。役目は子をなすことくらいよ」

「肥料になるんでしょう？　あの……白肥に」

「えぇ、そう。蓬莱の薬草を守るために、骸を灰にして使っていたの」

雛子や蛭子の軀を、焼いた灰が白肥。それをイトナたちは、畑に撒いていた。

そうして育った薬草を毎日飲んできたのかと思うと、おぞましさに肌が粟立つ。

「腹を裂いていたのも……本当？」

「眠ったまま命を終えられる薬で送ってからね。縊ったりはしない。――苦痛はなかったはずよ」

一筋、涙がこぼれた。

雛子の身体と、人の身体が違うことは、イトナも知っている。産道と呼ばれるべきものがないのは、事実だ。他に方法がないのは、理解できた。

「知らなかった……全然」

「知らせるつもりはなかったわ。――なにも知らせぬまま、すべての雛子を天に送るのが、代々の斎宮の悲願だったの。私はそれを達成させるために、斎宮になった」

静かな絶望が、イトナの身体を浸していく。

「殺す……つもりだったの？」

「合繭に入る子たちを、新たな命が授かる前に薬で送る計画だったわ」

「困るんじゃ……ないの？」

「白肥に代わる、肥料の研究は何百年も続いてきたの。蚕を使った配合を先代が完成させ、実験的にはじめた畑も、順調に育っていた。……知っているでしょう？」

「沢下の……あの畑？」

「えぇ、そう。ただ、烏葉だけは、白肥なしには育たなかったけれど」

一つ一つ、イトナが見てきた不可解な点が、線となって繋がっていく。

「でも……烏葉は必要ないじゃない。雛子は消えるんだから」

「もっと先の話のはずだったのよ。……先の話だと——思ってた。あんな最期を、迎えさせることになるなんて……」

それまで、淡々と話していた未央の声が、震えた。

深い悲しみが、そこには見える。

「雛子は……必要なかったの？　必要なかったのに、私たちは——」

「違うわ、イトナ。雛子の力が、千年の間に多くの人を救ったのは事実なの。ただ……雛子の犠牲の上に成り立つ技術は、人が持つべきではないと思っているわ」

わかるような気もするが、やはり圧倒的にわからない。

なぜ？　どうして？　そんな問いを向けるべき、千年前の人々はもういないのだ。

「それなら、もっと早く終わらせてくれたらよかったのに……」

「時間が要ったのは、独断では動けなかったからよ。天壺国の王は、雛子を絶やすことを許さなかった。斎宮の任命権は大王にあるから、下手な動きをすれば首を挿げ替えられてしまう。だから、我々は八百年かけて天の雫を復活させようとしたの。斎宮が一穂五臣となり、大王に俗世の政を委任する。安曇に持ちかけた取引は、私の思いつきではなく、代々の斎宮の悲願だった。……代々の斎宮の意思がなければ、天の雫の完成は、八百年後だったはずよ。輝夜帝の要求に、応えられる見込みなどまったくなかった」

誰を恨めばいいのか、今のイトナにはわからない。

ただ、ひどく悲しい。ここに自分がいること自体が、とても悲しい。

「……私は、雛子を殺す手助けをしてきただけ……だったの？」

「違うわ、イトナ。天の雫は東星方を守るために必要だった。今も、必要よ」

「なんで……私に話したの？　明日、嘆きで死ぬかもしれないのに」

「話さなければ、身の内に闇が湧くものよ。……中身の見えない箱の中にこそ、闇は生まれるものだから。貴方にだけは、話すべきだと思ったの」

わからない。なにも、わからない。わかりたくない。

疲れを覚えて、イトナは繭床に横になった。

「――後悔してる」

そっと、蓋が閉められる。

イトナは「匙子になんて、なるんじゃなかった」と呟いた。

寝室に戻っていく未央の衣擦れの音が消えると、イトナは声を殺して泣いた。

眠りの波は、いつまでも訪れない。

長い夜の間、イトナは何度もヨハタのことを思い出していた。――明日の朝、起こしてくれるのがヨハタだったらいい、と。

それさえ叶うのなら、なにを失ってもいい。死んでも悔いはない。

もっとあの美しく、豊かな時間を大切にすればよかった。そうして、なにも知らぬまま死にたかった。

後悔の波はいつまでも去らず、涙は果てることなく流れ続けた。

第四幕

天の雫

六連の甘露宮侵入は、宮全体を大きく揺るがした。

六連の一派は、数が多くはない。天の雫頼みの小さな勢力だ。彼の従える兵も、私兵の二百程度がせいぜいで、他の協力者は、前日向王のもとで不遇であった者や、天壺国の旧臣であるらしい。不満は多くとも、強くはなく、人数も少ない。

安曇はすでに、天壺国の豪族らも掌握しつつある。

揺らぎそうにないものを崩すには、過激な手に頼る他ないのだろう。

甘露宮に出入りをしていた六連の一派は、安曇殺害と、天の雫略取を企んでいた。

騒ぎが明るみに出た当日に、扶桑園の石壁と柵の穴は塞がれたそうだ。

侵入を手引きしたとして捕縛された者は十八名。そのすべてが、蘇真人の浄人であった。

六連を、王に。

蘇真人を、自由に。

それが、六連の支持者の目指すところである。

六連侵入と時を同じくして、浪崗鉱山で、反乱の生き残りの奴婢による暴動が起きた。澄泉と羽野では、近隣の里への放火が行われたそうだ。犠牲者も少なからず出ている。

急激な動きは反動を生む。蘇真人に対する弾圧も、その度合いを強めていった。

——果たして、新王は蘇真人をどうなさるおつもりなのか。

――新王は甘露宮を落とした日、蘇真人への故なき暴力を禁じられたとか。あの蘇真人に寛容な日向国のお方だ。解放派に違いない。

――いや、未央様を甘露宮に招かれたのだ。未央様を后の地位に就けるならば、保持派の可能性もあるぞ。

――未央様は、解放派の筆頭だった白銀様のご息女ではないか。だが、天壺国の王女ではある。わからんな。

新たな東星方の支配者・安曇がどの立場で、どのようにこの混乱を鎮めるのか。人々はそれぞれの思惑のもとで、出される答えを待っていた。

そんな中での、六連派侵入事件である。

あの浄人は蘇真人だから、事件に関わったに違いない。蘇真人だから、世に不満を持っていたに違いない。――蘇真人が牙を剝いた。

甘露宮では密告が相次ぎ、浄人たちは次々と牢に入れられたという。

(嫌な空気。ピリピリしてて……淀んでる)

イトナは、蛍光庵の東端の観月用の露台から、外を見ている。

扶桑園では塀や柵の全面的な修復がはじまり、人の出入りが多い。浄人がほとんど牢に入れられてしまったせいで、庭を行き来する人の頭はほとんどが黒かった。

イトナはこのところ、露台で過ごす時間が増えている。

(捕まった蘇真人は……殺されてしまうんだろうか)

視線を、池に移す。衰えの進む目でも、鮒の動きくらいは見えた。

はぁ、とイトナは深いため息をつく。

（……芳児も……殺されてしまう？）

蘇真人への迫害は、今や他人事ではなかった。

元をたどれば、自分たちは征服者に負けた、島の先住者だ。

征服者によって身体を変えられ、園に閉じ込められた雛子。奴婢として、過酷な労働を強いられた蘇真人。改めて近しさを感じている。だからこそ、この空気がつらい。

安曇の出す答えを、東星方が待っている。その答えが、浄人たちの——芳児の運命を握っていた。

（うぅん。きっと大丈夫。安曇は、蘇真人を簡単に殺したりしない……はず）

ぱしゃり、と池の鮒が跳ねる。そのキラキラと輝く飛沫が、鳳山の沢下の村で魚を釣っていた六連の姿を思い出させた。

どこからか、彼の声が聞こえてくる。

お前が憎むべきは、天壺国だ。未央は、憎むべき天壺国の王族だ。

——それでいいのか？　そのまま死ぬ気か？　未央に命を捧げれば、雛子の無念は永劫晴れんぞ。オレに託せ。仇を討ってやる。千年の恨みを、オレが代わりに果たしてやろう。

――天の雫を――オレに寄越せ。

（……嫌だ）

――それでいいのか？

イトナは、自分の手を見た。

このところ、肌がカサカサとする。手の節にもシワが増えた。

衰えゆく身体と、六連の声。竹簡に書かれていた文言。どれもがイトナを追い詰める。

（帰りたい……）

なにも知らなかった、あの頃に――鳳山で、外の世界に憧れていた頃に戻りたい。

緑鮮やかな園が、涙でぐにゃりと歪む。

今は薬草畑でさえ疎ましい。この畑には白肥が使われている。恐ろしい。おぞましい。

白肥でしか育たない薬草がなければ生きられない、我が身もまた厭わしい。

――蛭子は不老不死の妙薬。蓬萊の秘技。

竹簡に書かれていた言葉が、嫌悪をさらに深いものにした。

蛭子は、薬だ。物だ。人に益をもたらすがゆえに生かされてきた、それだけの存在だ。

（雨芽薬主が連れていたのは、雛子じゃない。蛭子だ。それなら――）

イトナは、雨芽薬主が連れていたのは、匙子だと教えられてきた。だから未央と自分を、神話に重ねさえした。だが——違う。

雨芽薬主と蛭子の関係は、そのようなものではない。決して。

「まぁ、イトナ様。こちらにおいででしたか」

桜良が、声をかけてきた。

目と違い、耳は衰えていない。桜良がずいぶん前からそこにいたのは知っていたが、今気づいた風を装い、そっと目元を拭う。

「うん。鮒を見ていたの」

「左様でございましたか。今日は、暖かくてよい日でございますね」

桜良の気づかいが、重い。イトナが雛子の真実を知った時から、桜良も、桃葉も、肌がひりつくほどの気づかいを見せている。

なにも知らぬまま死んでほしかった——というのが、彼女たちの本音だろう。

身勝手な願いだとは思う。しかし、責める気にはなれない。園司の多くは、口減らしのために里から出されている。生きるためには、決められた作業をこなすしかなかったのだろう。好き好んで、人の姿をした雛子を殺し、腹を裂きたいと思う者などいるはずもない。

では、誰を恨むべきなのか。雛子を守ろうとして焼け死んだ園司長か。鳳山の斎宮たる未央か。天壺国の大王？　それとも七穂帝？

なにを許し、なにを恨むべきかが、わからない。

いっそ六連の言い分に身を任せれば楽になるだろうか――とも思う瞬間がある。

だが、あの非道な男の言い分を丸呑みにできるほど、イトナも物を知らぬわけではなかった。

「……うん。いい天気ね」

イトナは、庭を見たまま桜良に応えた。

園司を恨んではいない。ただ、あの竹簡を読んでから、イトナはそれまで彼女たちとどう接していたかを見失ってしまった。

「今日は、お庭を散歩いたしましょうか？」

「うぅん。ここにいる」

桜良が、曖昧な返事をして下がっていく。

（苦しい……）

彼女たちは、イトナの糾弾を恐れている。

これまでどおり、変化を感じさせず、死ぬまで黙っていてほしいはずだ。期待が、言動から透けて見えるのがつらい。

（作業……するふりをしないと）

答えのない悩みの前では、惰性で行動するのが一番楽だ。

のろのろと、イトナは身体を起こした。

軽い眩暈に襲われ、手すりにつかまる。傾いだ頭に、強い日差しが当たった。

（いっそ、天を憎みたい）

恨むも呪うも、それならば一度で済む。

だが、天の日輪《にちりん》を落とす力など、誰にもありはしない。

「イトナ」

柔らかな、耳に馴染んだ声に呼ばれる。未央だ。

しかし、イトナは振り返らなかった。顔を見たくない。

「…………」

「翡翠糖の時間よ」

未央が踵を返したのを音で確認してから、その白い背をゆっくりと追った。

書斎に戻り、用意された膳の前に座る。

瑞々しい翡翠糖の汁の入った器を、イトナはただ見つめていた。

飲まねば、死ぬだけだ。いっそ――と思わぬわけではない。日に三度、必ず思う。

（馬鹿みたい）

無意味な葛藤である。飢えて死ぬのは簡単なはずなのに、それができない。

死ぬのが怖い。いっそ、眠るように死ねる毒がほしい――と考えたところで、嫌悪に肌が粟立つ。

それでは雛子の歴史を終わらせようとした、未央の考えを肯定することになる。

嵐に似た葛藤を押し殺し、翡翠糖を一息に飲み干した。

「……ごちそうさまでした」

「体調は、どう？」

「変わらない」

ふと、イトナは顔を上げていた。

見慣れたはずの未央の姿が、どういうわけか遠く、小さく見える。

（この人は、どんな気持ちで私を見てたんだろう）

薬師と匙子という関係を超えた絆を、未央との間には感じていた。

最も親しい存在。慕わしい人。

互いへの好意という点では、対等であったように思っていたのだ。

（猫みたいなもの？　鶏？　牛？　それとも――蚕？）

一度見失ったものを、以前と同じに認識するのは難しい。

イトナは、また未央から目をそらした。

「庭に出ない？　大事な話があるの」

断ろうかと思ったが、断る理由を探すのも億劫だ。

「……わかった」

気は進まないが、返事だけはした。

――それで、いいのか？

葛藤が生まれる度、六連の声が頭に響く。

「じゃあ、行きましょうか」

未央は、イトナを抱き上げようとした。

その当たり前に繰り返されていた行為が、ひどく疎ましい。

「自分で歩く」

イトナは、文机の横にある杖を取りにいった。

安曇に贈られた樫の杖だ。使うのは癪だが、抱き上げられるよりはましである。

書斎の西側の廊下から、階を下りて庭に出た。

先を歩く未央の白い着物を追い、小川の上の石橋に足をかける。

「匙子の、五年は長いわ」

「………………」

橋の途中で、未央は足を止めた。

小川が弾く日の光が、未央の着物の白を鮮やかにしている。

「同じ年生まれの雛子が合繭に入ってからは、とりわけ長い。孤独に耐えきれず、寿命の前に命を終える匙子も、少なくはないのよ」

「……わかっていて、あの薬湯を私に飲ませてたんだ」

知れば知るほど、嫌悪が募る。

その孤独の深さを承知で、薬師は雛子に薬湯を飲ませ、匙子を生み出し続けてきたのだ。

　出会った時、未央は、イトナの適性を知っていた。あの後の交流も、未央にしてみれば騙すための手段だったのではないのか。騙されたイトナは、まんまと匙子になりたいと願うようになり、真相を知るまで、未央を信じ続けてきた。

　信じ、慕い、愛した。

「えぇ。だからこそ、匙子には、穏やかに人生をまっとうしてもらいたいと――鳳山にいる者は、皆がそう願ってきたわ。もちろん、私も」

「そんなの、そちらの都合じゃない」

　自分でも驚くほど、冷たい声が出た。

　繭を、中の蚕ごと茹でるのと同じ。結局は利用し、殺す。それだけの話だ。茹でる側の気持ちなど、茹でられる側には知ったことではない。

　腹の中で、どす黒い怒りが渦巻いている。

「そうね。……そうだと思うわ」

「私たちを殺す人の都合なんて、聞きたくない」

「我々が、雛子たちを利用してきたのは揺らがぬ事実よ。……もし貴方が、ここですべてを放棄したとしても、決して責めはしない」

　心を見透かされたような気がして、イトナは胸を押さえた。

　すべて捨てたい。――眠れぬ夜にそんな衝動にとらわれる。天の雫を捨て、資料を壊し、なにもかもを台無しにしてやりたい。そうすれば、千年の恨みも晴らせるのでは、と思う時もたしかにあった。

「嘘。なんの役にも立たなくなったら、私を生かしてはおかないでしょう？」

「そんなわけないじゃない。馬鹿を言わないで」

未央の表情が、悲し気に曇る。ちりりと胸が痛んだ。

イトナとて、わかっている。

未央は、イトナがどんな状態になろうと、最後の日まで世話を続けるだろう。それが、ただ役に立つかどうかで判断されていないのも知っている。

——だが、だからなんだと言うのだろう。

未央は蚕を飼う者で、イトナは蚕。そこに愛情があろうとなかろうと、永遠に対等にはなり得ない。

「そうだとしても、繭を作らない蚕なんて要らないでしょう？」

「人は蚕じゃない。間違えてはいけないわ」

抱えきれぬだけの嵐が、腹の中にある。

御せなければ、心の臓まで止めてしまいそうな感情を、イトナは直視できない。

「もう……疲れたの。丹馬車には乗る。……私も、戦なんてない方がいいと思うから。未央様の決めたことに従う。でも、鳳山に戻ったら、雛子を送る毒で、私のことも送って。木にはならなくていいから、燃やして、畑に撒いて。——皆のいるとところに、行きたい」

考えに考えて、出した答えがそれだった。

役目は果たす。だが、そのまま人生を終えたい。

それが蓬萊園の生き残りとしての、最後の矜持だった。

「そんな悲しいことを言わないで。……ねぇ、イトナ。今日は、貴方にしたかった話があるの。聞いてほしい。お願いがあるのよ」

「これ以上、なにをしろって言うの？　やめて」

イトナは、強く拳を握りしめた。

不可逆に身体を変え、一生を操っておきながら、この上なにを要求しようというのか。

「時間がないから、話を急いでごめんなさい。今、南宮の朝議堂に、浄人たちが集められているの。裁判のために」

「え？　今——？」

「えぇ、今よ。貴方は、蘇真人は次の千年も贖罪を続けるべきだと思う？」

突然の問いに、イトナは未央を正面からまっすぐに見つめていた。

それは、とても難しい問いである。

けれど、

「思わない」

という答えは、すぐに出た。

なにも知らぬ頃、イトナは千年の贖罪に疑問を持たなかった。

天照日尊に矢を射かけた蛮族が、罪を償うのは当然だ、と。

だが、多くを知った今は違う。

千年続く罪など、あるはずがない。あってはならない。

イトナは両親の顔も、名も知らないのに、さらに千年遡った祖の罪を背負えと言われても困るばかりだ。そもそも、自分たちの土地を奪われようかという時に、矢の一つも射ずにどうするというのか。矛を横たえる方が、よほどおかしい。もし矛を横たえたとすれば、それ以前に骸の山が築かれていたはずだ。

「私も、そう思っているわ。天壺国は、千年間違い続けたの」

あのまま国が続くのが、東星方にとって最善であったとも思っていない――というぞや安曇が言っていた。

きっと、未央は安曇と同じことを言っている。

「……未央様は、どうするの？」

「千年の過ちを正したい。――貴方の力を、貸してほしいの」

白い未央の手が、差し伸べられる。

未央は、強い人だ。強く、まっすぐで、優しい。

イトナは、その強い意志を宿した瞳を見つめていた。

「私は、なにをしたらいいの？」

「本当のことを、言うだけでいいわ」

人の世を、匙子が動かすことはない。

自分がなにを言おうと言うまいと、結果は同じだろう。

ただ、未央は世の動く様をイトナに見せようとしているのだ。

抱き上げるから、柵の向こうを見て、と。

——今日の決断を、決して悔やませない。

イトナが匙子になった日の誓いに、未央は忠実であろうとしている。

未央の手を取らねば、見えない風景がある。それを見たい——と思った。

「本当のことを言ったら、芳児は助かる？」

「彼を、恨んでないの？」

イトナに竹簡を読ませるために、内通の疑いをでっちあげ、芙蓉の嫉妬を利用したのは芳児だ。彼がいなければ、忌むべき秘密を知らぬまま死ねただろう。恨む気持ちが、ないとは言えない。けれど、決して強い感情ではなかった。

「安曇が来てくれてなかったら、私だって助かりたくて芳児にひどいことをしてたかもしれない。だから……恨んではいない。——芳児は、悪いことをしたんでしょう？　それでも、助かる？」

「——彼の魂だけは救えるわ」

未央の目は、扶桑園よりも遠い場所を見ている。

いつも、未央はイトナには見えないなにかと闘っていた。耐え忍び、けれど屈しない。

そんな未央を、信じてきた。今も、その思いだけは変わらない。

「……わかった。行く」

ふわりと身体が浮き、イトナは未央の腕に抱えられる。

「ありがとう。……行きましょう」

白い絹が、そっと被せられ、頭部を覆う。

未央が、扶桑園を南に向かって進んでいく。薬草畑より南は、未知の世界だ。緊張を覚えずにいられない。

身体の強張りが伝わったのか、未央はイトナの背をぽん、ぽんと叩いた。

やがて見えてきた扶桑園の南側の門は、人一人通るのがやっとというほど小さい。小さく、質素だ。

門番が二人控えており、未央の姿を見るとなにも言わずに門を開けた。

この門の外は、南宮。政が行われる場である。

扉の向こうでは、駒足が待っていた。絹を少し上げると知った顔が見え、少しだけイトナは安堵する。

「お待ちしておりました、斎宮様。匙子様。裁判は、先ほどはじまったばかりです」

こちらへ、と駒足が誘導するままに進んでいく。

絹で隠れた視界では、南宮の様子はうかがえない。けれど、鳳山とも、扶桑園とも違っているのは、聞こえてくる声が、すべて男のものであることからも理解できる。

「芙蓉様は、訴えを取り下げていないのね？」

「残念ながら。斎宮様が、六連様と内通し、安曇王暗殺を目論んだとの主張をなさるものと思われます」

流れる風に、墨と、虫よけの香のにおいが交じる。書庫の前を通ったのかもしれない。

白い石の敷き詰められた道を、未央は足早に進んでいく。

「世は、私に天壺国の精神を継いでほしいと期待している。旧臣たちなど、蘇真人に枷をつけろとさえ訴えてくるのに……よりによって、この私が六連と内通してるなんて、どうして思えるのかしら」

「冤罪には、常に真などございません。父君のこととて――」

「言わないで。……でも、ありがとう」

その会話が終わるのと、未央が建物の前で足を止めるのは同時であった。

大きな扉が、ゆっくりと開く。

ここが朝議堂のようだ。扉の大きさから予想していた空間より、さらに内部は大きい。

屋根が高いのは、生じたざわめきの響き具合から推測できた。

柱は石でできていて、集まる人は多いのに、空気はひんやりと冷たい。

扉から、突き当たりの舞台に続く通路の両側に、それぞれ百人近い数が集まっていた。絹の下から見える人たちは衣服が整っているので、高位の臣だろうと想像がつく。

舞台に向かって、未央はまっすぐ進む。

肩の上で切り揃えた黒髪。真白い着物。一見して、未央が何者であるかは理解できたのだろう。ざざっと音がして、群臣は揃って頭を下げた。

静かなざわめきが、イトナの耳に入ってくる。

雛子、と聞こえるので、きっと雛子を知らぬ人が驚いているのだろう。天壺国の旧臣ならばともかく、日向国の人間であれば、存在自体が珍奇なものに見えるのは想像に難くない。ただ、無遠慮な声までは聞こえなかった。

「斎宮様、ならびに匙子様。ご足労いただき、感謝する。――こちらへ」

最奥の舞台の上で声を発したのは、安曇だ。

先を歩いていた駒足は会釈をして下がり、未央は安曇に勧められた、舞台の上の椅子に腰を下ろす。

すると、舞台の下にいる、縛められたまま立つ浄人らの姿も見えた。絹の下から顔は見えないが、結われていない髪が胸のあたりまで垂れているので、鮮やかな紅色は確認できる。

きっと、芳児もこの列の中にいるはずだ。

「では——続けさせていただきます」

「いや。ここからは俺が話そう」

文官が裁判の続きを行おうとするのを、安曇が遮った。

(あ……芙蓉が来た)

遅れて未央の隣に座ったのは、芙蓉だ。あの華やかな香のにおいがし、鮮やかな青の着物の裾が見えた。なんとしても未央を糾弾する気らしい。顔は見えずとも、刺すような視線を肌で感じる。

「去る九月十七日。この甘露宮に、日向国から放逐された第二王子たる六連が侵入した。目的は、千年の昔、雨芽薬主が天照日尊を救った秘薬・天の雫を、鳳山の斎宮から奪うため。知ってのとおり、天の雫を七穂帝に献上した者こそが、東星方の大王となり得る。六連の狙いは、東星方の大王となることだ」

群臣は、咳《しわぶき》一つせず、安曇の言葉を聞いている。

イトナも、同じだけの緊張を共有していた。

「六連の罪は、一つに前日向王の毒殺。二つに前王太子の殺害。三つに天壺国の王族の私怨による弑逆。四つに鳳山への放火。どれ一つとっても、八つ裂きにしても足らぬ大罪。放逐の理由となった、天壺国の蘇真人らへの煽動も加えねばならん。六連の命ある限り、東星方の平穏は来ぬものと心得よ。――此度の、六連侵入、及び北宮での放火に関しても、厳正に処分を行う」

沈黙は、続いている。

かすかにすすり泣く声が聞こえてくるのは、浄人たちの嘆きのようだ。

(六連が、鳳山を焼いた……の？)

安曇の言葉を、イトナは頭の中で何度も反芻していた。

六連は、すべて安曇の仕業だと言っていた。罪をオレに着せたのだ、と。

今、安曇はすべて六連の仕業だったと言った。

甘露宮に入って三ヶ月余り。イトナは、どちらの言を信じるべきかを知っていた。そうかもしれない、その可能性はある、とまでは思っていたのだ。驚きは薄いはずだが、それでも、人の口から聞くと、衝撃は大きい。

(六連が――山を焼いた)

どくん、どくん、とイトナの心の臓が大きく脈打つ。

彼は、鳳翼院の資料を運び出すのを手伝い、瓦礫の撤去の手助けをしていた。あれも天の雫を奪うための芝居であったのだろう。

怒りで、目の前が真っ白になった。

呼吸が乱れる。それを察して、未央の手がイトナの背を撫でた。

「十年前、輝夜帝より勅が下りた。皆も知ってのとおりだ。『蘇真人の犯した罪は、これをすべて赦す』。この十年、各国は多くの議論を重ねてきたことと思う。西華方は我らに十年先んじ、同じ問題に悩まされて自壊した。国は衰え、民は飢え、惨憺たる有様だ。その轍を踏んではならぬ。だが、天壺国は道を誤り、滅びた。これ以上の混乱は、なんとしても避けたい。それゆえ、今この場で皆に伝える。六連の抹殺は、彼が蘇真人の血を引くがゆえに行うものではない。先に挙げた五つが理由だ。間違えてはならぬ。六連の罪は、蘇真人の罪に非ず。日向国は、輝夜帝の言に従い、蘇真人の罪を認めない。蘇真人を故なく虐げる者は、東星方を去れ」

静かに、ざわめきが広がる。

貝殻の奥から聞こえる海の音のようだ――とイトナは思った。

「六連は、蘇真人の代表ではない。救済者でもない。この数年続いた蘇真人の反乱は、六連が煽動したものだが、いずれも世を覆すほどの力は持たなかった。その度、犠牲になったのは煽られた蘇真人だけだ。六連は煽動をするだけで、なんら責任も取らず、援助もしなかった。赤川谷の奇襲でも多くの犠牲を出した。この場にいる浄人らも煽られた。侵入の手引きをさせるにあたり、助けに行く、彼らを助けに行くと約束をしたそうだが――見ろ。このとおり、助けなど来ていない。これが六連の正体だ。蘇真人を踏みつける者が、どうして蘇真人の解放などできようか。浄人だから救わぬという理屈はない。子をなすかなさぬかだけが、人の価値であるものか。

今、ここに生きる民を救わずに、なにが王だ」

浄人たちのすすり泣きが、静かに続いている。

（六連は、私のことも煽ってたんだ。……天の雫を手に入れるために）

なぜ六連が、イトナに竹簡を執拗に読ませたがったのかが、やっと理解できた。

鳳山にいた時の六連は、雛子のことをよく知らなかったはずだ。あるいは、彼も鳳山で蛭子の姿を見たのかもしれない。崩すならば、そこだと思ったのだろう。ついにはあの竹簡を手に入れ、未央とイトナの離間《りかん》を誘った。

もし、六連のために天の雫を奪い、渡したとして――その後のイトナの安全など、彼は考えもしなかったに違いない。ここで泣く浄人たちと、自分を隔てるものはごく少ない。

「さて、ここからが本題だ。俺が甘露宮を制圧したその日、蘇真人に対する暴力は、今後一切許さん――と布告したのを忘れた者はおるまいな？」

そろそろ、群臣も気づきはじめている。

この場が、六連の罪を明らかにし、浄人を裁くだけの場ではない――という予感は、浄人の涙を止め、群臣を緊張させた。

イトナの緊張も、いっそう強くなる。

（私の、役目が近い）

安曇の話の向かう先に、自分の発すべき言葉が見えてきた。

イトナは、このために呼ばれたのだ。――蘇真人の末裔として。

「斎宮様にお尋ねしたい。匙子様は、人に見えぬものを見、人に聞こえぬものを聞くとか」

安曇の大きな足だけが見え、そのつま先がこちらに向いたのがわかる。

視線の多くが集まるのを、気配で感じた。

「いかにも。王の仰せのとおりです」

未央がゆったりとうなずいたのが、身体の動きから伝わる。

「匙子様。これらの浄人について、お気づきのことがあったはず。教えていただきたい」

想像していたとおりの場所に、問いが降ってきた。

今だ。今が時だ――と思うのだが、緊張のせいで声が出ない。

「血が――」

かすれた声を出すのが精いっぱいで、言葉が続かなかった。

「私の匙子は、このように言いました。『血と膿のにおいがする』と――」

未央が、イトナの代わりに発言する。

それを、カンッと鋭い音が遮った。芙蓉が、扇を床に叩きつけたのだ。

「ふざけないで！　貴女は六連に通じて、安曇様暗殺を企てていたんでしょう!?」

「浄人の名は、芳児。芙蓉様の側付です」

イトナが「慶児も」とかすれた声でつけ足すと、すぐに未央は、その名も伝えた。

「う、嘘よ！　だいたい、これはなんの話なの？」

「匙子は、嘘を言いません」

「嘘です！　嘘！　この化物は、私を陥れようとして――これは罠です！　この女が、すべて仕組んでいる！　奴婢を鞭で打ったら罪になるの？　そんなことより、王を殺そうとする方が、よほど大きな罪じゃない！」

朝議堂は、ざわめきの中にある。しかし、芙蓉の言葉に対して、賛同する声は聞こえなかった。

――蘇真人を故なく虐げる者は、東星方を去れ。

それが安曇の方針であることは、つい先ほど宣言されたところである。

「六連侵入にあたり、多くの密告があった。それが事実に基づいていたかどうか、皆には今一度考えてもらいたいのだ。ここで、蘇真人が蘇真人であるというだけで罪としてしまえば、我らは天壺国と同じ道を進んでしまう。待つのは破滅だ。撤回すれば、罪には問わぬ。よいか。この十年、蘇真人を解放するか否かで東星方は乱れた。今はもはや、そのような段階ではないのだ。いかにして、解放を進めるかを皆で話しあおうではないか」

再び、朝議堂は静かになる。

イトナは、ほんの少し絹を上げていた。

そこに、蒼い瞳が見える。芳児が、イトナをまっすぐに見つめていた。

「さて、芳児。最後に問う。そなたは、斎宮様と匙子様が、六連を引き入れ、俺を暗殺せんと企んだ――と言っていたな？　それは、まだ変わらぬか？」

芳児は、イトナに向かって、まず深々と頭を下げた。

それから安曇の方に向き直り「撤回いたします」と言った。

「――偽り……でございました。匙子様に罪ありと申し上げたのは、六連様のお役に立てば、助けていただけると思ったからです。偽りでございます。お許しくださいませ。しかしながら、私と同胞が芙蓉様から受けた鞭の、百を超える数だけは嘘偽りございません」

芳児の毅然とした言葉に、安曇は、深くうなずく。

芙蓉は「嘘よ」と呟き、ぺたりとその場に座り込んだ。

「芙蓉。そなたの訴えは、芳児の証言のみを根拠としていたな。――以上で、この話は終わりだ。斎宮様は、六連打倒と、蘇真人解放をお約束くださっている」

「王は、この女に誑《たぶら》かされておいでです！」

安曇が「連れていけ」と命じると、兵士が芙蓉を取り囲む。

猫を殺された、安曇が誑かされた、父が黙っていない、と叫ぶ声は、小さくなった。

イトナの役目は、これで終わったようだ。同時に、疑いを晴らした未央も、席を立つ。

ひらり、と絹が上がった拍子に、浄人たちの姿がはっきり見えた。

百に近い紅い頭が、そこにある。夢とは違って、彼らは生きている。自身の足で立ち、縛められながらも、そこにいた。

芳児は、晴れやかに笑んでいる。

申し訳ありませんでした――と口が動く。

きっと、醜い、おぞましい、と言ったことへの謝罪だろう、とイトナは理解する。

芳児の頭が、下がる。一斉に、他の百人の頭も下がった。

イトナが去るまで、彼らの頭は下がったままだった。


芳児らの処刑を、裁判の三日後に知った。

手引きをした証拠の揃った者は処分されたが、他は密告の撤回が相次ぎ、罪を免れた者も多くいたと聞いている。

蛍光庵の東の露台に、イトナは座っていた。

薬草畑の中に、紅い髪がちらちらと見えていた。彼らは仕事に復したらしい。

その紅い髪の輪郭が曖昧で、イトナはごしごしと目をこすった。

「待たせたか？」

背の方から声をかけられ、イトナは、首だけを動かした。

「うぅん。今来たところ」

「ご所望の地図だ」

安曇は、イトナの隣に座り、丸めて運んできた獣皮紙を開いた。

地図は大きく、繭床ほどもある。

イトナが頼んだのは、八穂島全体の地図だ。島は、葵の花の形に似ていた。

五つの花弁が、一穂五臣に授けられた地域に相当しているはずだ。

「……東星方は、ここ？」

イトナは、東側の大きな花弁を指さした。

「あぁ、そうだ。――未央との喧嘩は、まだ終わってないのか？」

喧嘩、という軽い言葉は、未央との間にできた溝には相応しくない。

イトナは、眉間にシワを寄せた。

「喧嘩なんかじゃない」

「ほどほどにな。人生の後悔は少ない方がいいぞ」

安曇の言いようにムッとしたイトナは、

「それなら、さっさと未央様に求婚したらいいのに」

と多少の仕返しをした。

地図を見つめた状態で言ったので、安曇の顔は見ていない。けれど、苦く笑ったらしいのは、伝わってくる。

「俺のことが好きだろう？」

突然の問いに驚いて、イトナは安曇の顔を、目を丸くして見た。

精悍な顔に、多少意地の悪い笑みが浮かんでいる。

どちらかと言えば好きではないが、さすがに口にはしにくい。

「……わからない」

「隠すな。好きだろう。好きなはずだ」

ずい、と顔が近づく。

「嫌い……ではないけど」

「俺にはわかる。そなたは、俺を見ると笑うからな」

「笑ってない」

イトナの眉間のシワは、さらに深まった。

そんな自覚はない。それでも、否定し切れないものはあった。

今は安曇が蛍光庵に来る度に、庭へ逃げるようなこともなくなっている。

「まぁ、それでもいいさ。だが、未央のことは、俺の何百倍も好きだろう？」

安曇の突然の問いは、ここに向かうためにあったらしい。

イトナはため息をつき、地図に視線を戻した。

「今は、よくわからない」

「俺は、イトナが好きだぞ。だが、さすがに未央がそなたを愛すのには負ける。そんな俺でさえ思う。後悔の少ない終わりを迎えてほしいとな」

　安曇は、自分で「お節介だが」とつけ足していた。

「喧嘩なんかじゃないから、放っておいて。——帝のいる七穂国はここ？　すごく広い」

　イトナは、地図の中央部分を指さす。

　五つの地方に囲まれた、花芯に相当する部分は歪な円形だ。ここが七穂国なのだろう。

「七穂国は、内陸部にあり国土も広いが、山地ばかりで豊かではない。大きな道が七穂国を避けて通っているのも悪条件だ。国力だけでいえば、一穂五臣の国々に劣るな。伝統はある。権威もある。しかし、兵は弱い。狭いが豊かな日向と比べてみろ。なにが違う？」

　イトナの目が、東星方に戻る。

　東星方の東端にある日向国は、海に向かってやや突出しており、大きな湾がある。国土は、七穂国の十分の一。天壺国の五分の一程度しかない。

「海が——海がある。日向は、大陸が近い」

「そうだ。日向には天然の良港がある。大陸との交易が盛んなのだ。大陸では、八穂島の比ではないほど戦が頻発してきた。法も整っているし、学問も活発でな。日向が強いのは、大陸の武器を手に入れ、兵法を学んでいるからだ。いや、それらを贖う銀鉱があるからと言うべきかな。自国に鉄鉱と製鉄窯を持っているのも一因だ」

安曇は、懐からころりと金属の塊を出した。先が鋭く尖る様が禍々しい。

「ありがとう。鏃、持ってきてくれたんだ」

「俺のことは刺してくれるなよ？——ともあれ、この鉄の鏃が、日向国を強くした。これを扱うのは、訓練された専業の兵士だ。他国の農兵とはわけが違う。我が国の兵は、八穂島で最強と言っても過言ではないだろう」

イトナは鏃を受け取り、まじまじと眺めた。

鋭い逆刺《かえり》は、肉に刺さるところを想像するだけで恐ろしい。だが、本当に恐ろしいのは抜く時だ。不用意に抜けば、血管も、筋もズタズタに裂かれるだろう。

「今、西華方はどうなってるの？　叢雲壁を巡って戦が起きて、人がたくさん死んだんでしょう？」

「……聞いても倒れないか？」

「平気。前より、少し強くなったから」

半分は虚勢だが、半分は本当だ。

このところ、動揺の鎮め方がわかってきた。耐えられることと、耐えられぬことの線引きは、ある程度できると思っている。

「本当だな？　そなたになにかあれば、未央に殺される」

「聞きたい。聞かない方が、つらいから」

安曇は拒絶を諦め「では、手短に」と説明をはじめる。

「この二十年で、西華方では人が四割減った。田畑は荒れ、盗賊が跋扈《ばっこ》している。小国が二十も群立し、小競りあいが絶えない。肥え太るのは七穂国から派遣された代官だけ。要するに、西華方は西華方のための政ができん。民は、己の畑に植える作物を決める力もないそうだ。これは二十年前、慈悲深い帝が、蘇真人の解放を西華方の国々に命じたのが発端だ。五地方の中で、蘇真人を奴婢として使い続けていたのは、西華方と東星方だけだった。――十年前には、西華方と同じ勅が東星方にも発せられ、見てのとおり、混乱の最中だ」

西華方の轍を踏めぬ、と人が言うのは、何度も聞いている。

だが、残念なことに、今のところ同じ道を進んでいるように思われてならない。つまり、数年後、東星方も西華方と同じようになり得るということだろう。

「蘇真人が解放されるのは、いいことに思える。千年も罪を償い続けるなんて、おかしいもの。西華方の蘇真人は、解放されたんでしょう？」

「解放はされたが、報復の暴力が横行し、そこを大陸の奴隷商人に食い荒らされた。生き残りはごく少ない。掲げる看板は美々しくとも、その下にあるのは千、万の骸だ」

芳児は、西華方で蘇真人は解放された、と言っていた。

救われた、と言っていた彼は、その実態を知っていたのだろうか？　六連は、実態を知った上で彼らを騙したのだろうか？　考えれば考えるほど、腹に澱《おり》が溜まっていく。

「解放した方がいいのか、しない方がいいのか……よくわからない。どちらも理がある」

「七穂帝が斎宮で、一穂五臣の国が蓬莱園の長だと思えばいい。長以外にも、園司やら、雑司やらがいるはずだ。それが小国だな。雛子は蘇真人としよう。日々の仕事は個々の裁量に任されているが、大きな意思を決定するのは、より上の機関だ」

「うん。わかる」

鳳山全体の、意思を決定するのは未央だ。

八穂島全体の、意思を決定するのが帝なのだろう。

「斎宮が、雛子を全員解放しろ、と言い出したと思ってみろ。誰にも諮《はか》らず、突然にだ」

「……困る。外に出されたら、私たちは死んでしまうから」

蓬莱園を追い出された雛子は、一日ともたずに死んでしまうだろう。ものを食べる口もなく、飛ぶこともできない蚕と同じだ。想像するだに恐ろしい。

「当然、蓬莱園は大騒ぎになる。斎宮に従うべきか、従わざるべきか。どちらにも理はある。園司の意見も割れるだろう。混乱が起きる。西華方はそれで滅びた。東星方のこの十年の混乱は、そうした種類のものだと思うといい。俺も未央も、雛子を解放した上で、彼らと共存する道を模索しているのだ」

帝が押しつけた方針が、今の混乱のもとである——と安曇は言っている。

方針が正しいからといって、正しい結果にはなり得ない。要は遠くの誰かに手綱を委ねることなく、しっかりと握らなければならない、ということなのだろう。

「鳳山を知らぬ者が、鳳山の方針を決めてしまうと……混乱が起きるのね」

「そういうことだ。六連は、蘇真人の解放が遅々として進まぬ天壺国を恨み、浪崗や澄泉、羽野で煽動を行った。天壺国は、蘇真人を抑えこむために、彼らを大量に殺した。六連は蘇真人を引き連れて天壺国を破り——王族を皆殺しにし、滅ぼした。血で血を洗う、報復の連鎖だ。これを断たねばならん」

「……うん」

東星方を覆わんとする、恐ろしい闇。

その闇は、甘露宮や鳳山を襲ったのちも、じわじわと育ち続けている。

「西華方は叢雲璧が争いの種になったが、東星方では天の雫だ。六連が天の雫を狙っているうちは、東星方の、東星方による政は戻ってこない」

「六連が死んだら、東星方はよくなる？」

「あくまでも、先に進むための一歩に過ぎない。天の雫で大王の地位を得るのも、一歩だ。小さな一歩を重ねていかなければ、東星方の安寧は得られない。蘇真人の解放も、一歩。雛子が蓬萊園を放り出されては生きていけぬのと同じで、奴婢も寒空の下に放り出されては生きてはいけぬ。しかし、蘇真人への極端な優遇も、世は許さん。西華方では事を急ぐあまり多くが死んだ。ここは慎重に進めたい」

イトナは、安曇の話を頭の中で咀嚼する。

そうして、一つの答えにたどりついた。

「安曇がいないと……うまくいかない気がする」

真珠では駄目だ。彼女の下に集まっているのは、天壺国の威信を取り戻すために、蘇真人を虐げる人たちだ。天壺国の運命をなぞるだけだろう。

六連でも駄目だ。蘇真人の暴動がさらに大きくなり、多くの血が流れてしまう。天壺国に対する私怨が、過大な報復を招く恐れもある。

天の雫を得た未央が、政を委任するべきは安曇だ。安曇でなくてはいけない。イトナは強くそう思う。

すると安曇は、小さく笑った。

「俺でなくともよかったのだ。だが、未央の父君の白銀様も、俺の父も、兄も、死んでしまった。今のところ、他にいない」

イトナは、地図から安曇に視線を戻した。

「ちょっとわかった。……ありがとう」

「日向国内の不穏な動きも、芙蓉の放逐でおとなしくなった。――芙蓉は父親の命で、俺を閨《ねや》で殺せと言われて嫁いできたのだ。これで、やっと枕を高くして眠れる」

「え……？　そう……そうだったの」

てっきり、あの一連の嫌がらせは、芙蓉の嫉妬に由来したものだとばかり思っていた。だが、違ったようだ。彼女は彼女で、別の戦場で戦っていたのだ。

「なにかと時間はかかったが、確実に前へは進んでいる。——あとは任せろ。荒事は得意だ。六連は俺が殺す。仇討ちなど考えるな」

安曇はイトナが手に持っていた鏃を、イトナの手ごと包んだ。

沢下の村で、イトナが鏃を武器に六連を刺そうとしたのを見ているので、これをまた使う気だと思ったのかもしれない。

「でも、六連なんでしょう？　鳳山を焼いたのは」

「関わっていることだけは間違いないが……早まるなよ？」

仇は六連だ、と安曇は言わなかった。

だが、イトナにとってはそれだけで十分だ。十分に憎み得る。

「……うん」

地図をくるくると丸めた安曇は、立ち上がって空を見上げる。

「——日輪は、遠いな」

イトナよりはずいぶん、空に近いところにいると思うのだが。そう呟いた安曇の真意は、わからなかった。

安曇は「未央と仲直りしろよ」と言い残し、書斎の方には行かずに、まっすぐ渡り廊下を戻っていった。今日は、未央のところへは行かないらしい。

その背を見送り、イトナは自分の胸に手を当てた。

(このままじゃ、死ねない)

芳児の、あの晴れやかな表情が、目に焼きついている。

芙蓉へのわずかな復讐だけを果たして、芳児は死んでいった。

芳児のように死にたい。いや、もっと大きなものを、イトナは求めている。蓬萊園を焼いた者の断末魔を、目に焼きつけてから、死にたい。

イトナは、決意を胸に、一枚の獣皮紙を懐から取り出した。


――はぁ、はぁ、と頭の上で、荒い呼吸が続く。

古志丘《こしのおか》は、星都の北のはずれにある寂しい場所だ。

頭の上の声が「苦しく、ありませんか?」と問い、イトナは「平気」と答える。

「夕までに、必ず宮へ戻れるようにいたします。ご安心を」

イトナを抱えているのは、葵衣だ。

そしてイトナが抱えているのは、青い壺――鳳翼院の檀から、沢下の村へ、そして甘露宮の蛍光庵まで運ばれてきた、あの青い壺だ。

「ずいぶん遠いのね」

「墓地は、人里から離れたところにあるものですから」

葵衣の息は、すっかり上がっている。

昼の翡翠糖を、少し早めに飲んだ直後、馬車の荷に紛れて甘露宮を出た。丘の麓で馬車から降りたあとは、イトナは蓑に包まれたまま運ばれた。細い坂道ですれ違う人もいないため、今は蓑は取り払われていた。

左右に迫る木々が、次第に鬱蒼としてくる。

そのうち、開けた場所に出た。積まれた石は墓標なのだろう。墓標どころか埋められもせず、野ざらしになった白骨も見えた。

奥に進んでいくにつれ、墓標は人の手によって整えられたものに変わっていった。どこか、沢下の里にある園司の墓に似ている。

どこからか、狼の遠吠えが聞こえた。

しばらく坂を上がったところで、葵衣が足を止める。

坂の真ん中に、鶏卵をひっくり返したような形の、大きな墓石があった。

「これ……？」

イトナは手に持っていた、獣皮紙の紙片を見た。

紙片には、この墓石と同じ形が描かれていた。例の古い竹簡にはさまれていたものだ。芙蓉が蛍光庵に乗り込んでくる直前に、取り出して懐に隠しておいた。

「はい、違いありません。ここから右手の丘を上がった先で、六連様がお待ちです」

「疲れた。ちょっとだけ、休みたい」

下ろして、と頼むと、葵衣はイトナを丁寧に下ろした。

葵衣は竹筒に入れた水を、喉を鳴らして飲んだ。ここまで駆けどおしだったので、疲れ果てているはずだ。しかし、葵衣は休憩する様子を見せない。

「いかに人里が遠くとも、星都は目と鼻の先。六連様も危険を冒してお待ちのはず。急ぎましょう」

カァと鴉《からす》が鳴き、カサカサと薄《すすき》がそよぐ。物寂しい場所である。

葵衣は汗を拭って、慌ただしくイトナに腕を伸ばした——が、イトナは動かない。

焦れた葵衣が「イトナ様」と呼ぶが、イトナは返事の代わりに問う。

「葵衣。教えてほしいことがあるの。どうしてあの日——鳳山が焼かれた日、私たちに月草を採るように勧めたの？」

竹簡には、獣皮紙の紙片が二枚はさまれていた。

うち一つには、地図が。もう一つには内通者との連絡方法が書いてあった。

昨夜、指示どおりに露台へ燭台を置いたところ、現れたのは葵衣だった。

信じられない、という思いと共に蘇ったのは、災厄の日の記憶だ。

あの日、イトナを外に連れ出すよう未央に進言したのは、浪崗から羽野を経る長旅から帰ったばかりの葵衣であった。

天の雫を作り得る、斎宮と匙子。その二人が、直後に起きた炎の禍を免れた。偶然にしては、出来過ぎである。

万に一つの僥倖と考えるより、人の意思が介入したと考える方がずっと自然だ。

六連の甘露宮侵入が芳児の手引きであったように、鳳山侵入にも手引きをする者が必要だったはずである。葵衣があの日、鳳翼院から施薬院に移動するのをイトナは見ている。

「あれは——イトナ様のお気持ちをお慰めしたい一心で……」

「六連は、天の雫が鳳山にないと知っていた。沢下に薬草畑があるってことも知ってたはず。そうじゃなきゃ蓬莱園は焼けないもの。教えた人がいる。薬師でもなければ知らないことを。……貴女でしょう？　どうして？　そんなに、雛子が憎かった？」

「いいえ！　とんでもない！　憎んでなどおりません！」

「じゃあ——どうして？」

一瞬、葵衣は力ずくでイトナを連れて行こうと考えたようだ。身体が、そのように動いた。けれど、思い直し、深く呼吸を繰り返している。

六連は、天の雫だけでなく、イトナも連れてくるよう葵衣に命じているのだろう。匙子の重要性は、薬師の葵衣ならばよく知っているはずだ。

「園司だった頃は、何度も何度も、雛子様の腹を裂きました。骸を沢下まで運んだことも、数え切れぬほどございます。私は、救わねば——と思ったのです」

救う、という言葉を、イトナは芳児の口から聞いたことがある。

——すでに救われた雛子がたと違って、我らはまだ道半ばでございますから。

まるで雛子が救われた、とばかりの発言が理解できなかった。今も、理解できていない。

「焼かれた雛子が、救われたとでも言うの？」

「はい。あれは私がはじめてなせた、善行です」

さらに理解できぬことを、葵衣は言った。

イトナは戸惑い、じり、と一歩後ろに下がる。

「殺すのが……善行？」

「雛子様は、もはや人の形を保っておらぬではありませんか。解放してなんになるというのです？　死以上の救済はありません」

葵衣は、優しく笑んでいる。

その笑みの優しさが、一層イトナの恐怖を煽った。

世には様々な思惑を持つ人がいる――と理解はしていたつもりだ。

けれど、その前提をもってしても、葵衣がわからない。

「だから……焼いたの？　救おうとして……焼き殺したの？」

「浪崗の里で、六連様が私を見出してくださったのです。お話をうかがって、目が覚めました。天壺国は間違っている。鳳山も間違っている。だから私は羽野へと向かい、捨里を囲む天壺国の軍の荷から黒柘榴を盗み――近隣の里の、井戸に入れました」

「毒を……入れたの？　貴女が？」

「はい。六連様が、浪崗でも、澄泉でも、そうされていたように。報いを与えねばなりませんから」

イトナは、胸を圧されるような痛みを覚えた。

なんということだろう。

葵衣は、六連の口車に乗って、澄泉の里と同じ悲劇をあえて繰り返していたのだ。浪崗で調査していたわずかな期間に、六連は葵衣を取り込んでしまったらしい。

「罪のない里人を……殺したの？」

「罪はあります。蘇真人が殺されるのを、見て見ぬふりをしてきたのですから。それればかりか、澄泉では祈禱のために蘇真人の首を祭壇に捧げておりました」

葵衣は、笑顔を保ったままだ。

（あれは……やっぱり蘇真人の首だったんだ……）

竹簡を読んだ時もしやとは思ったが、やはりあの祭壇の上に置かれていたのは蘇真人の首であったらしい。

罪のない里人――という言葉は、もう繰り返せなかった。

だからといって六連と、葵衣の暴挙を肯定することもできない。

「園司は……？　報いなんて要らなかったはず」

「いいえ。傍観し、雛子を殺し続けたのだから同罪です。火をつける場所は、私が兵士に指示しました。産屋と、蓬萊園。それから、園司の宿舎。——彼女たちは子もなしませんから。生きる意味もないでしょう」

わからない。どうしても、イトナには理解できない。

しかし、理解できる瞬間が永遠にこないだろうということだけは理解できた。あまりにも大きな溝が、そこにある。

「貴女も……六連に利用されてる」

突然、ぽっと、葵衣の頰が染まった。

恥じらう様は、いっそうイトナの肝を冷えさせる。

「私、六連様の側女《そばめ》になります。そうお約束いただいて——」

恐ろしい葵衣の発言は、しかし途中で遮られる。

二人の足元に、小さな石が放られた。

パッと葵衣は石が飛んできた方を見——顔を強張らせた。

「ずいぶん遅かったじゃない。さ、早くそれをよこして」

大きな墓石の間から姿を現したのは、真珠である。

その横に、男が数人、剣を手にして控えていた。

「真珠様……？　ど、どうしてここに……」

葵衣は顔色を失い、男たちの数を目で数えている。どう見ても多勢に無勢。こちらは葵衣一人だ。敵うはずがない。

「もちろん、天の雫を受け取りに来たのよ」

「む、六連様の使い……でございますか？」

葵衣も、六連と真珠が繋がっていることは把握しているらしい。

あるいは味方なのでは、という期待が、葵衣の横顔からうかがえた。

「安心なさい。私に渡しても、六連に渡しても、結果は同じよ。どうせ妹背《いもせ》になるんだから。私が大王になるか、彼が大王になるか。大した違いじゃないわ」

葵衣は、イトナと壺とを勇敢にも背に庇った。

「真珠様に、お渡しすることはできません。蘇真人を踏みにじってきた天壺国は、道を誤ったのです！」

「お前、鳳山の薬師でしょう？　それなら大王の娘の私に渡すべきよ」

「できません！　真珠様は、また早緑の使者をお使いになる！　これ以上、蘇真人が死ぬのは我慢なりません！　我らには慈悲深き輝夜帝がついております！」

「なに言ってるの。早緑の使者は帝の使いよ？——面倒だわ、縛っておいて」

真珠が合図をすると、男たちが葵衣を囲む。

「な、なにを……！」

男たちが葵衣を縄で縛りだす。しかし、一連の動作はひどく不慣れだ。挙措に妙な品があるので、高位の、恐らくは文官だ。見覚えのある顔が、一つだけある。昨年、鳳山まで未央を迎えに来た年嵩の大臣だ。名は、磐邑。未央を担いで天壺国を復興させようとしている――と駒足が言っていたのを覚えている。

葵衣は男たちにぎこちなく縛られ、卵形の墓の前に倒れ込む。

「イ、イトナ様！　お逃げください！」

顔だけ上げて葵衣が叫ぶのを見て、真珠がせせら笑った。

「馬鹿な女ね。私がどうしてここにいるか、まだわからないの？――まぁ、そうね。匙子が人を騙すなんて、思わないわよね」

葵衣が、目を大きく見開いて、イトナを見、真珠を見た。

縄をかけられて転がる葵衣。無傷のイトナ。両者の扱いには、明確な差がある。

「まさか――」

イトナを見る葵衣の表情が、変化していく。

「私が、真珠様に知らせたの。鳳山を焼いた者を殺すには、私の手では小さすぎるから」

イトナが告げると、葵衣は口を開けて固まっていた。

自分が匙子の罠にはまるとは、夢にも思っていなかったのだろう。

「この女、殺しておく？」

ごく簡単に、真珠は聞いてきた。

仇討ちがしたい。イトナは、真珠の口から協力者だと聞いた浅葱という女官を通して、真珠に伝えていた。だからこその、問いである。

（殺す……私が……葵衣を……？）

殺してやりたいと思った。同じ目に遭わせ、悔やませたい、と。

許せない――とは思うのだ。

だが、六連に会いさえしなければ、彼女は薬師として人生をまっとうしていたかもしれない。薬師としての彼女は勤勉で、未央の信頼も厚かった。

では、六連が悪いのか。六連を殺しさえすれば、イトナは満足できるのだろうか。

ここまで来て――いや、ここまで来たからこそ見失った。

見失ったまま、答えを出すべきではない。

「……殺さなくていい」

イトナは、そう真珠に伝えていた。

「いいの？」

「このまま縛って置いておいてくれたら、それだけでいい」

「そう。じゃあ、これで取引は終わりね。――その壺をちょうだい」

真珠が近づいてきた。イトナは、壺をしっかりと抱え直す。

顔を、間近で見るのははじめてだった。蓬萊園の渡り廊下で一度、遠目に見たきりだ。斎宮候補として鳳翼院にいる間、真珠は一度も園には来ていない。

あの頃、真珠は八歳の少女だった。癇の強そうな細い眉と、細くとがった鼻の印象が、長じて強くなったように思う。年齢は未央と一つしか違わないはずだが、顔に滲み出る荒みのせいか、いくつも年嵩に見えた。

安曇との婚儀を蹴ってまで選んだ道は、険しかったのかもしれない。

「未央様を、斎宮のままにするって約束を守ってくれる？」

「別に構わないわ。斎宮なんて恐ろしい役目、頼まれたって御免だから。そんなことより――もう一つはどこなの？」

「もう……一つ？」

イトナは、自分の抱えた壺を見た。

これは代々の斎宮が継いできた壺のはずで、少なくともイトナが匙子に選ばれた日から、一つきりである。

「とぼけないことね。未央に聞いたわ。天の雫は、二種類あるって」

まったく初耳である。イトナは、首を横に振る。

「知らない。これしか……持ってない」

「匙子が人を謀るのには驚いたけど……しょせん浅知恵ね。六連は騙せても、私は騙せないわよ。どうせ未央が持っているんでしょう？――匙子も縛って！」

未央の合図で、また縄に慣れぬ男たちが、イトナを囲んだ。

「や、やめて！」

イトナが抱えていた青い壺は、ひょい、と真珠に奪われた。

白髪頭の磐邑が「お許しを」と呟きながら、イトナを縄で縛り出す。

「そんなことだろうと思って、ここに未央を呼んであるわ」

ふふ、と笑いながら、真珠は壺を愛おし気に撫でた。

「え――？」

「お前の身柄と、もう一つの壺を交換するのよ」

縛るために後ろへ回された手を、イトナはぎゅっと握った。

「だ、駄目。そんなことしないで！」

この命がけの作戦を、未央には伝えていない。巻き込むつもりなどなかった。

「もう遅い。未央は来るわ。お前は、大事な、大事な匙子ですもの。天の雫なんか、簡単に擲《なげう》ってくれるでしょうね」

あはは、と真珠は、荒んだ顔で、明るく笑う。

身体は縛られ、耳は塞げない。かわりに、イトナは目をぎゅっとつぶった。

（こんなはずじゃなかったのに――）

無謀だと承知の上ではじめた作戦だったが、これほどあっさり後悔する羽目になるとは思っていなかった。悔しさに、涙が溢れそうになる。

未央だけは――守りたかったのに。

「……なんのために大王になるの？」

目に涙をためて、イトナは真珠に問う。

「なんですって？」

「真珠様は、なにがしたくて、大王になろうとしているの？」

「甘露宮の主になるのよ。当たり前じゃない。奪われたものを取り返すの。貧乏暮らしはうんざりよ。甘露宮は私のもの。安曇のものでも、未央のものでもない」

真珠は、磐邑に「猿轡《さるぐつわ》をして」と命じた。

磐邑がまた「お許しを」と囁いてから、ため息をつく。東星方の大王に仕えた大臣が、盗賊の真似事をさせられているのだから無理もない。

「真珠様に、政などわかりませんよ。聞くだけ無駄です」

「じゃあ、なんで――？」

イトナの問いは、途中で猿轡に遮られた。

「他にいないからです」

磐邑は言い終えるより先に、イトナから目をそらした。

（なんて馬鹿馬鹿しい！　そんな人が、天の雫を奪っただけで大王になるなんて！）

天の雫は、蓬莱の技術を守り続けた証。代々の斎宮が、心血を注いで作り上げたものだ。それを横から奪っただけの者に、一穂五臣に連なる資格があるとは到底思えない。

（来なくていい。……来ないで、未央様。真珠様に、天の雫を渡したくない！　来ないで――未央様。どうか――）

イトナは、ひたすら祈った。

今、未央の愛を痛いほどに感じている。

絶対に、未央はイトナを見捨てないだろう。一分の疑いもなく、そう思えた。

未央とイトナは、六連と芳児とは違う。

来る。必ず来る。

だからこそ、つらい。

（あぁ、未央様……）

未央へのイトナの思いと同じだけ、イトナも未央からの愛を感じている。

イトナは、未央が好きなのだ。

あらゆる理屈を超えたところで、未央が好きだ。

出会ったその日から、ずっと。

——声が、した。

「んん……！　ん！」

イトナは、もがいた。来ないで。来ないで。声が出せぬのを承知で、訴える。

その耳に、声が二つ届く。

「自分の立場がわかっているの？　愚かだわ！」

「なんとでも言え。惚れた女を、死地に送りだす男がいるか！」

「よして。私は、この世で一番、他人の手垢のついたものが嫌いなの」

「手垢だと？　大王が決めた話ではないか。それも幼い頃の！」

二人の声は、まだ人の耳には届いていない。真珠も、気づいてはいないようだ。

「私との婚約が破棄されたあとだって、真珠と婚約していたじゃない」

「俺が決めたわけではないぞ。だいたい、婚儀の十日前に出奔されている」

二人が——元婚約者の二人が、話をしている。

(あぁ、耳を塞ぎたい!)

これは、彼らが、彼らだけで交わす会話だ。聞きたくない。

「そのあと、妻を二人も迎えたでしょう?」

「そなたが髪まで切って逃げたからだろう。どちらにせよ、あの頃は天壷国の機嫌を取るより、国内の豪族を抑えるべきと父が——いや、待て。イトナだって、思い人がいたはずだ。それはいいのか。ヨハタと言ったか?」

「いいのよ、放っておいて。その名は聞きたくないの」

「嫉妬か? 相手は雛子だぞ!」

「私だけを見て——なんてあの子には言えない。そんな資格はないから。けれど、名を聞きたくないと思う自由くらいはあるでしょう?」

耳を塞ぎ損なったまま、会話は流れてくる。

(なんの話をしているの? 私の話?)

どうやら、痴話喧嘩に巻き込まれているらしい。

イトナの顔は、戸惑いのせいで複雑に歪んだ。

「そんなにイトナが好きか。妹背になれるわけでもあるまいに」

「私たちの愛は、そういう種類のものじゃない。次に目覚めた時、傍にいてくれると信じて眠りにつける――そういう愛よ。私は、あの子が好きなの。愛おしい」

「そうは言っても、俺のことも好きだろう」

「そうだとしても選べない。私が失うものが多すぎるもの。何度人生を繰り返しても、私は貴方を選ばない。――私は、私がいなくちゃ生きていけない人しか愛せないのよ」

「俺は、そなたがいなければ、生きる甲斐がないぞ」

「嘘。貴方は好きでもない女と結婚できるし、愛していない女との間に子供も作れる。なるはずじゃなかった王になっても、きちんと政ができる。そういう人よ。でも、私には無理なの。もう――私は、選んでしまった」

好きだ。けれど選べない。

ヨハタを拒んだ時の、イトナの思いと同じことを言っている。

それは、愛の告白のようで、永遠の拒絶だ。

長い髪を自ら断った時と同じ覚悟が、そこにある。

「――来たわ」

真珠が、言った。

磐邑の、イトナを縛った縄をつかむ手にも力がこもった。

坂の下から二人が歩いてくるのが、イトナの背丈でも見えるようになった。

未央の口が「イトナ」と動く。その目には安堵が浮かんでいた。

「真珠様。約束どおり、天の雫の片割れを持って参りました。——こちらです。イトナを解放していただきます」

未央は、手に持った赤い壺を掲げてみせた。

(あんな壺、一度も見たことない……)

見慣れた青い壺とは、形からして違う。片側にだけ取っ手がついていて、首がまろやかに細長い。注ぎ口があるので、液体が入っているのだろうか。丸薬を入れてある青い壺とは、まったく違う形をしている。

「……安曇まで連れてきたの？　馬鹿ね」

「私もそう思います」

未央がちらりと横を見て言ったので、安曇は「言いすぎだ」と窘めていた。

「磐邑。壺を受け取ってきて」

イトナを縛った縄の端を、磐邑は真珠に渡した。

磐邑は、一礼してから未央に近づく。

「斎宮様、お許しを。……他に道がございませんでした」

「いいえ、あったはずよ。六連と手を組むよりもましな道はいくらでも。貴方はそれを探し、旧臣を導くべきだった。残念だわ、磐邑」

磐邑は再び頭を下げ、しかし壺を受け取らんとして手を伸ばす。

「せめて、未央様が還俗してくださっていれば、このようなことには。……かくなる上は貴き雨芽薬主の血を継ぐ真珠様を大王とし、日向の王となる——六連様と御子をなしていただかねばなりません」

未央は、磐邑との会話を諦めたようだ。

視線を真珠に戻し、赤い壺を磐邑に渡すことなく抱え直す。

「先に、イトナを返していただきます」

「謀反人の子が、大王の娘に逆らうの？」

「——鳳山の斎宮を敵に回すご覚悟が、貴女様におありですか？」

今、未央と対峙しているのは真珠であってイトナではない。

それでも、その静かな怒りに触れ、ぞく、と背に冷たいものを感じた。

磐邑は、指示を求めるように真珠を見る。

「……わかったわ」

その真珠の態度が、イトナには意外であった。

真珠は、常に未央に対し高圧的で、侮りをもって接してきた。未央の脅しなど、気にもとめないものと思ったのだが。

鳳山の斎宮、という存在は、真珠にとって重みがあるらしい。

真珠は、慌ただしくイトナの縄を解いた。

自由になったイトナは、よろめきながら未央に向かって走る。

「イトナ！」

赤い壺を磐邑に渡した未央が、こちらに走ってくる。

もつれた自分の足につまずき、イトナは転んでしまった。

すぐに、未央がイトナを助け上げる。

「ごめんなさい……！　一人で、やり遂げるはずだったのに！」

「いいの。謝らないで、イトナ。貴方が無事でよかった」

柔らかな身体に抱きしめられ、イトナもしっかりと腕に力をこめる。

「死ぬ前に――死ぬ前に、どうしても仇を討ちたかった！　嘘までついて……でも、殺せなかった――葵衣を殺してやりたいと思ってたのに！」

「彼女は、鳳山の法で裁くわ。貴方が、手を下す必要はない」

涙を止め、イトナは未央を見上げた。

未央の目は、卵形の墓石の下に転がされた葵衣に向かっている。

「知ってたの？　葵衣が、六連を手引きしたって……」

未央は、小さくうなずいた。

「ええ。火災のあと、ずっと調べさせていたから。……彼女は六連を手引きし、火をつける場所を指示し……蓬莱園から運び出した雛子や匙子を、秘かに殺していたのよ」

「え……!?」

イトナは、雷で打たれたように硬直した。

沢下の村に響いた、数々の嘆きが思い出される。

迫る闇に怯えながら聞いたあの嘆きの一部も、葵衣が招いたものだったのだ。

(なんてこと……!)

恐怖に、身が竦む。

なにより恐ろしいのは、彼女の殺戮が、正しさの名のもとに行われていたことだ。

「罪に問うため、逃げられないよう甘露宮に招いたの。――これは、浪崗に彼女を派遣した、私の落ち度よ。薬学の技量と、人の世を生きる知恵は別のものだと気づけなかった」

苦しそうに、未央は眉根を寄せた。

鳳山の薬師たちは、これまで山の中だけで人生を終えてきた。前例を覆したのは未央だ。

葵衣が惑ったのは、自分の方針のせいだったと思っているのだろう。

違う――と言うことが、イトナにはできない。

何度も襲ってくる心の臓の痛みは、山を下りなければ知らずにいただろう。知らなければ幸せだったのか、それが正しかったのか、簡単に答えなど出せなかった。

(……？　あ、安曇が……)

目の端で、安曇が手ぶりで合図を出している。

イトナが「未央様、安曇が――」と囁き声で知らせると、未央は、イトナを抱えて墓石の陰に隠れた。隠れていろ、という合図であったらしい。

「残念だったわね、安曇。これで私が東星方の大王よ」

墓石の陰から顔を出せば、真珠は高笑いをしていた。青と赤の壺を抱え、勝利を確信したようだ。

「真珠。六連が、そんな話を呑むわけがないだろう。考え直せ」

「負け惜しみ？　私を袖にした報いを受けたらいいわ」

「馬鹿を言うな。婚儀の十日前に出奔したのは、どこのどいつだ」

安曇は、はぁ、とため息をつく。

呆れた様子が癇に障ったのか、真珠の眉が吊り上がる。

「貴方が、いつまでも、未央のこと引きずってるからじゃない！」

「……そんなことはない」

「毎日、毎日、鳳山の方を見てはため息をついてたでしょう？　私を、未央、って何度も呼び間違って！　二人でする話なんて、未央から手紙は来たかどうかだけ。未央、未央、未央。そればっかり！　未央の残していった文鎮を、日向に帰る時にこっそり持っていったのを知らないとでも思った？　馬鹿にするにも程がある！そんな男の妻なんて真っ平ごめんよ！　だから、私は、私だけを見てくれる夫を選んだのよ！」

安曇は、未央とイトナが隠れた墓石をちらりと見て、

「――聞くな」

と言ったが、無理な話だ。

未央は「あの馬鹿……」と呆れていたし、イトナも似たような感想を持った。

真珠のことは嫌いだが、率直に「それは安曇が悪い」と思い、かつ口にした。未央も「そうね」と同意する。

「でも、勝つのは私よ。謀反人の娘じゃない！」

真珠が、あはは、と高笑いした、その――瞬間だ。

ヒュッと空を切る音がした。

真珠は「きゃあ！」と悲鳴を上げ、その場にひっくり返る。

腿に、深々と矢が突き刺さっている。壺を手放さなかったのは、一種の執念だろう。

「ま、真珠様！――ぎゃ！」

真珠に駆け寄ろうとした磐邑も、背に矢を受けて倒れた。

（あぁ……！）

あっという間の出来事だった。

林と墓石の間から、黒装束の、十人ほどの兵士が飛び出す。

彼らは、オロオロしながら人に縄をかける文官たちとは違っていた。盗賊の真似事どころか、殺人に慣れている。

真珠の部下たちの喉は、次々と裂かれた。声を上げる暇もない。あちこちで真っ赤な鮮血が飛び散る。多少の抵抗を試みた若い文官も、呆気なく死んでいった。

「馬鹿どもが、雁首揃えてお出ましだな！　まったく、右も左も馬鹿ばかりだ！」

ははは、と豪快に笑いながら、六連が林の中から姿を現した。

真珠が、キッと六連をにらむ。

「……む、六連！　私と、手を……手を組むはずじゃなかったの!?」

「ふん。抜け駆けをしておいて、ぬけぬけとよく言ったものだ。安心しろ、殺しはしない。その腹にはまだ用があるからな。あの黒鉄大王の娘など、本来は生かしておきたくはないのだ。八つ裂きにされぬだけ、ありがたいと思え！」

六連は、真珠の腿に突き刺さった矢をつかむと、力任せに引き抜いた。

「きゃあああぁ！」

あの、鋭い逆刺が牙を剝く。辺りに血飛沫が飛び散った。

「六連様。こちらの女はいかがなさいますか？」

卵形の墓石の前にいた葵衣は、うぅ、うぅ、と猿轡の下で必死になにかを訴えている。

「殺していい。用済みだ」

葵衣の顔が絶望に染まる。だが、それも一瞬だ。ごくあっさりと、喉を裂かれた。止める力も、抗議する力も、イトナには残っていない。目まぐるしい殺戮の連続に、心は凍りついていた。

「お前は、やはり馬鹿だな、安曇。愛というのは、人を愚かにさせるものらしい」

安曇が、六連から見えぬ方の手を動かして、合図を出している。行け、逃げろ、と示しているようだ。

未央はイトナを抱え、音を立てぬよう後ろに下がりはじめた。

「六連。馬鹿はお前だ。人を使い捨てにする者は、王になどなれぬ。決してなってはならん」

「お前が処刑した、浄人どもの話か？　天壺国の大王に媚びた者など、世に不要だ。子もなせん。屈辱的な生を終わらせてやるのだから、救済だろう」

――救済。

葵衣の口からも、聞いた言葉だ。

恐怖に呑まれて萎れていた怒りが、静かに燃えはじめる。

「なにが救済だ。人の価値を、神ならぬ身が決めるな。お前のその歪んだ意思が、どれだけの死を招いたか、わかっているのか？」

「罪を赦された蘇真人を、いつまでも虐げた天壺国は、悪だ。大王が蘇真人を、どれだけ殺したと思う？　大王と王族を殺すためには、犠牲が要った。それだけの話ではないか」

「殺しすぎだ。黒鉄大王とて、まだ交渉すべき余地はあったろう。殺戮は、下の下とさえ呼べぬ手段だ」

安曇の糾弾を、六連はせせら笑った。

「大王は、オレとお前を比べ、髪色でお前を人質に選んだ。蘇真人に生まれたことが罪か？　あの蔑みの目を、忘れた日はない。オレは誓ったのだ。あの男をいつか血祭りにあげるとな」

「ただの私怨ではないか。少なくとも、幼い斗水に罪などなかったはずだ」

「あの大王の一族に生まれたこと自体が罪なのだ。当たり前だろう。蘇真人は女子供であろうと咎を背負わされてきたのだぞ。……だが、雨芽薬主の血を持つ子は必要だった。子を産ませるつもりで攫ったものの、自死してしまってな。生きていれば、小賢しい未央だの、愚かな真珠だのと取引せずに済んだものを。惜しいことをした。ちょうど、そうだ、この辺りだな。軀はその辺りに転がっているぞ」

未央の身体が、びくりと強張った。

イトナを抱く腕に力がこもる。熱い。そして震えていた。――恐らくは、怒りゆえに。

（斗水様が……）

まだ十二歳の王女に、なんの咎があったというのだろう。

澄泉の山で射られた蘇真人の子に咎がないのなら、斗水にもない。

行方の知れなかった王女の悲しい末路は、イトナの心も深く抉った。

「兄上を、なぜ殺した？　お前の私兵とて、兄上の口添えがなければ得られなかったものではないか。父上とて――」

「正しき行いを邪魔するからだ。オレの道を阻むのは、帝の道を阻むも同然だ！」

六連は激昂し、しかし対する安曇は静かだ。

父が同じでも、顔が似通っていても、この二人の間には越えがたい溝がある。

「六連。お前が許せないのは、捨里の井戸に毒を入れた者のはずだろう？」

「愚問だ！　報復にそこいらの里に毒を放り込んでやったが、まったく足らん！」

「その毒を黒鉄大王に渡したのが何者か、お前は知っているのか？　踊らされているのだ、六連。蘇真人を解放せよと命じた口と、黒鉄大王に蘇真人を殺せと勧めた口は同じ。彼の人の目的は、東星方を乱し、我が物とすることだ。お前は、日向の富を奪うための駒だ。なぜわからん？」

「吠えるな、安曇。負け惜しみは見苦しいぞ。――出てこい！　未央！　お前にも来てもらう！　出てこなければ、まずイトナを射るぞ！」

六連が、ぎり、と弓弦を引き絞る音がする。

隠れていた墓石の陰から出ようとする未央を、イトナは止めた。

「行っては駄目。殺されてしまう！」

「六連は、まだ私たちを殺せない。――時間を稼ぐわ」

――天の雫を囮にして、真珠と六連を誘い出す。

それが、イトナの作戦の目的だった。葵衣と甘露宮を抜け出す前に、イトナは安曇に文を送り、自身の作戦を伝えていた。今頃、墓地の周辺を兵が囲んでいるはずだ。時間を稼げば稼ぐだけ、こちらが有利になるのは間違いない。

「……わかった。私も行く」

ここに残ったところで、六連が弓を構えている以上、危険の度合は変わらない。未央もそう思ったのか、イトナをぐいと抱き上げる。

墓石の陰から出れば、六連は禍々しい鏃をこちらに向けた。

「六連。天の雫はもう貴方の手にある。真珠様も連れていくのでしょう？　この上、なにを求めるの？　貴方はすべてを手に入れたじゃない」

「お前は、小賢しい女だ。天の雫が二つあったなど、オレは知らなかったぞ。油断ならん。細工のできぬよう、帝の御前まで連れていく」

六連は、黒装束の兵士二人がそれぞれに持つ、青と赤の壺をちらりと見た。

「わかった。でも、その前に真珠様の手当をさせて。移動できる状態じゃないわ」

「足の矢傷くらいで、人が死ぬものか」

「手当が必要よ」

「……好きにしろ」

未央は、真珠に近づいた。

時間稼ぎなのか、本当に助けようとしたのかはわからない。

倒れた真珠の顔色は青黒く、煤けた色の着物は血にまみれていた。

「未央……た、助けて……死にたくない」

「喋らないでください。助ける気が失せますから」

未央は背の薬箱を下ろし、手早く針と糸とを用意した。

（厳しい……かもしれない。血が、流れすぎてる）

傷の縫合を手伝う間に、イトナの着物も血に染まっていく。

足の矢傷を六連は軽く見ていたが、楽観のできる状況ではない。

「助けて……お願い。貴女は……謀反人の子なんかじゃない……」

「そんなこと、十年前から子供でも知っていました」

縫合が間もなく終わる。傷を縛るための布を、未央に手渡そうとした途端――

身体が、浮いていた。

六連に襟首をつかまれ、高く持ち上げられたのだ。

未央が「イトナ！」と叫び、安曇が「よせ！」と止め、真珠が「手当を先にして！」と叫ぶ。それらの声が、ずいぶん下のところで聞こえた。

「イトナ。お前も、つくづく愚かだな。あの竹簡を読んでも、まだ王族に媚びる気でいるとは。しょせん化物か！」

黒鉄大王の蔑みに対し、血祭りにあげて報復せんと思った男が、匙子を蔑んでいる。それがどれだけの恨みを生むか知っているはずだというのに。

イトナは足をバタバタとさせ、もがいた。

「む、六連は、芳児を、見捨てた！」

「浄人なぞ、生きる価値はない。殺すことこそ救済だ！」

「芳児は、信じて――ッ」

叫ぶ声も、息苦しさのせいで途切れる。

「やめて！　匙子なしでは、帝に拝謁できないわ！」

六連にすがって止めようとした未央は、六連の足で蹴り飛ばされる。真珠が「早く、私の手当をして！」とまだ叫んでいた。

「お前は、オレを謀ることしか考えていない！　信じられるものか！」

「匙子は、もうイトナしかいないのよ!?」

「では、正直に答えろ。この天の雫は本物か？　そうでないなら、この場で殺す！」

「本物よ！」

「お前は、信用ならん！　これでも嘘をつくのか！」

ぐっと首に襟が食い込み――ぶん、と大きく振り回され――宙に、浮いていた。

イトナは、六連に投げ飛ばされた――らしい。

地面が、遠い。叩きつけられる痛みに、耐えられる気がしなかった。人と匙子の身体は違うのだ。

太い血管の集まる腿に、逆刺だらけの矢を打ち込んだ上に引き抜いておきながら、その程度では死なぬ、と言った男だけのことはある。

まだ、殺すべきではないイトナの扱いとして、甚だ不適切だ。

不適切といえば、割れやすい壺を二つ抱えた真珠を、弓矢で射たあたりから、もう間違っている。――愚かなのだ、あの男は。

(死ぬ――)

身長の倍の高さから力任せに放り投げられ、匙子が無事でいられるはずがない。死ぬ。運がよくとも、骨のどこかは砕けるだろう。

「……ッ！」

イトナは、目をぎゅっとつぶった。

どん、と身体に衝撃が走る。

しかし――命を絶たれるほどの痛みは、感じなかった。

(……あれ？　どうして――)

その直後に、ぶすり、と鈍い衝撃を感じる。こちらは、まったく痛くない。

未央の悲鳴が、遠く聞こえていた。

イトナは、恐る恐る瞼を上げる。

「……あ、安曇……」

目の前に、安曇がいる。

地面に叩きつけられる衝撃から、イトナを抱えて守ったのは安曇だった。

その安曇の背には、矢が突き刺さっている。

深く――臓腑に至るほど、深々と。

(嘘……嘘だ!)

六連は、イトナを地面に放り投げ、矢を――恐らく、彼が死なないと判断する、腿か足あたりに――打つつもりだったのだろう。

それを、安曇が阻止した。――己の身体を盾にして。

(どうして――)

今や、東星方の過半を手に入れた安曇が。

東星方の混乱を、鎮めようとしている安曇が。

「あ……安曇……」

イトナの身体は、動かぬ安曇の前で凍りついた。

「やはりお前は馬鹿だ! 安曇! 雛子などを庇って死ぬとはな! お前らしいよ、まったく! お人よしで、馬鹿だ!」

六連が高笑いをする横で、黒装束の兵士が「そろそろ」と声をかける。

「お急ぎを、六連様。今でしたら、まだ逃げ道が確保されております」

黒装束の兵士が頭を下げる。その拍子に紅い髪がちらりと見えたので、彼らは蘇真人であるらしい。

（六連が――逃げてしまう）

イトナは、命をかけて仇討ちがしたかった。

ここで六連を逃してしまったら、なにもかもが水泡に帰す。

「よし、墨黒《すみくろ》部隊は真珠を連れて七穂国へ向かえ。――お前たちにも来てもらうぞ」

六連の手が、未央の短い髪を鷲づかみにする。

未央は、悲鳴を上げる代わりに、

「混ぜるのよ！」

と叫んだ。

「なんだと？」

「青い壺の薬に、赤い壺の薬を入れて、混ぜるの！　そうしたら、光るわ！　天漢《あまのがわ》の雫だから、天の雫と名がついた。疑うなら、この場でたしかめて！」

六連は、迷っている。

時間がない。六連も、安曇の兵に囲まれる危険は承知の上だろう。

ただ、天の雫が偽物であった場合、逃亡したところで大王になる道は閉ざされる。

本物かどうかを確かめたい、という思いを、六連は堪えきれなかったようだ。

「よ、よし、混ぜろ！」

「しかし、六連様。急がねば――」

「天の雫を得なければ、大王にはなれんのだ！　急げ！　いや、寄越せ！　オレがする！」

髪をつかむ六連の手が離れた拍子に、未央は倒れた安曇に駆け寄った。

髪を振り乱しながらも、未央は冷静だった。傷を確認したあと、サッと脈を取る。

安曇が死んでしまう――とイトナは口にはしなかった。できない。死の迫る者の前で、それは禁句だ。しかし、ごめんなさい。私のせいで。申し訳ない。そんな言葉も、イトナは口にしなかった。

「――私を使って、未央様」

まだ、息がある。

今ならば、間にあう。

イトナは、未央の手をぎゅっと握った。

「駄目よ」

未央が、イトナを見つめている。

その夜空のような瞳が、イトナは好きだ。

「今しかない」

「――知っているの……？」

青ざめた顔で未央は問い、イトナはうなずいた。

「私がこれまで飲んだ薬湯は、五百あった。あの薬箋に書かれてた五百の薬と、同じもの。——私の身体を、薬に変えたんでしょう？　使うのは、腕？　足？　それとも、臓腑？」

天の雫は、匙子の身体ではないか——という疑いは、うっすらと持っていた。過去に完成した薬箋の内容と、自分が日々飲んでいる薬湯は、重なる。感覚を研ぎ澄まし、過去の薬箋を読み、薬の嗅ぎ分けを日々続けたからこそ、気づいた。

そうではないか。いや、まさか。

気づきながらも目をそらし続けてきた。未央が、自分の身体を薬にしようとしているなどとは、思いたくなかったからだ。

確信したのは、あの竹簡を読んだあとである。

雨芽薬主と蛭子の関係は、薬師と匙子の関係とは違っていたはずだ。

蛭子は薬。雛子のように意思の疎通が可能な存在ではなかった。雨芽薬主は、蛭子の身体を、天の雫として使ったのだろう。自分の身体に起きたことと照らしあわせれば、簡単に答えは出た。

匙子の身体を経ることで、天の雫は完成するのだ。

「——目よ」

覚悟は、していたつもりだった。

けれど、そうと聞いた途端、身体が強張る。

心の臓かもしれない、とも思っていた。匙子になってから、明確に変化をした部分である。だが、目の衰えもまた顕著であった。言われてみれば、納得できるものはある。

「目……」

イトナは、自分の顔に手を当てていた。

「私には、できないわ」

安曇の呼吸は、今にも絶えようとしている。

彼がどれだけ大きな存在か、未央にもわかっているはずだ。

一を癒し、一を殺す。

今、秘薬を使う価値のある人間は、彼しかいない。

「安曇は今、死んでいい人じゃない！」

「貴方を失えない！」

匙子一人と、東星方の大王になるべき男。

どちらが大事かなど、秤にかけるまでもないだろうに。

「未央様！」

「できるわけ……ないじゃない。無理よ」

当たり前だ。イトナが未央の眼球を抉り出せと言われても、同じことを言う。

できるわけがない。

まともな人間に、できる行為ではない。

「未央様にならし、私の命を預けられる」

「そんな資格、私にはない」

未央の手が、震えている。

最後に空を見上げようと思った。ヨハタと同じ、蒼い空を。

しかし、目の前の未央から目が離せない。

「だって、たくさんの命を、救ってくれる人だもの」

「違う……違うわ、私の手は、血まみれなのよ。幼い頃から、ずっと毒を作ってきた。どれだけの人を殺してきたか知れない」

未央は「できない」と繰り返す。

「知ってる。鳳翼院で、早緑の使者に渡した毒の記録を見たから」

「貴方を利用した。貴方の身体を、それと隠したまま変えたのよ。国のためにと大義を掲げて——騙したの！　貴方は、私を許しちゃいけない。私を信じちゃいけないの！」

許せない。その思いは、たしかにある。

騙され、身体を変えられ、薬として用いられる。許しがたい。それは、未央に感じてきた好意の——愛のすべてを粉々に砕くほどに強い感情だ。

だが——

――それでいいのか？

という六連の声には、もう騙されはしなかった。

「違う。未央様が、私を利用するんじゃない。私が、未央様を使うの」

六連の狼狽が、遠く聞こえてくる。

「ひ、光っているか？」

「わかりません……まだ明るいので――しかし、六連様、もう行かねば――」

「くそッ！　もういい。未央を連れてくるんだ！　逃げるぞ！」

六連が、空になった赤い壺を地面に叩きつけた。かしゃりと儚い音を立て、壺が砕ける。

黒装束の男が一礼して、こちらに近づいてきた。

「未央様、急いで！」

イトナは、自分の瞼を片手で押さえた。

時間がない。――今しかない。

怖い。恐ろしい。

「できない――できないわ、イトナ」

「血まみれの手で、私の恨みを背負って。――お願い」

イトナは、自身の目に、震える手を伸ばした。

その手が、未央によって止められる。

「――そっちじゃない。反対よ」

頬を撫でる未央の手は、優しい。

その優しさから、未央の愛を強く感じる。

「未央様がして。それなら、耐えられるから」

「あぁ、イトナ――」

「私から逃げないで。――約束を果たして」

――決して悔やませない。

それはイトナが匙子になった日の、未央の誓いの言葉だ。

未央の目に、悲痛な決意が宿るのが見える。

そして――焼けるような痛みが、眼窩《がんか》に走った。

痛い。痛い。

けれど、痛快だ。

小さく、弱い、死の迫る匙子が、未央を使って安曇を救い、六連を倒すのだ。

痛みのせいでできないが、いっそ笑いだしたいほどに気分がいい。

黒装束の兵士が「参りましょう」と、思いがけぬ丁寧さで未央に話しかけている。

「弔うことくらいは許して。彼は、私の婚約者だったのよ」

「何卒、ご容赦ください。時間がありません。さ、こちらへ」

六連が「急げ！」と叫び、未央が短い悲鳴を上げた。強引に、兵が未央を連れ去ろうとしたのだろう。

「……弓を」

倒れた安曇の方から、かすかな声がした。

イトナは痛みをこらえながら、無事な方の片目を薄く開ける。

（蘇生……してる……）

こちらに向けた背が、緩やかに上下している。――生きている。

ぶるり、と身体が震えた。

安曇の背に刺さっていたはずの矢が、地に落ちている。

未央が抜き取ったのではない。その証に、あの禍々しい逆刺には、肉片一つついてはいなかった。

（天の雫が……効いたんだ）

人の身体には起き得ないことが、起きている。

天の雫の、奇跡だ。

ずくん、ずくん、と激しく痛む目を押さえながら、必死に辺りを見る。――あった。弓だ。

イトナを助ける時に、手から離れたのだろう。安曇の手には届かぬ場所にある。

（あれを渡せば――安曇が、六連を射る）

痛い。痛みで思考が鈍る。

けれど、死力を振り絞って、イトナは弓を安曇の方に押しやった。
(毒を――もう一つの目を、安曇に差し出さなくちゃ――)
ずず、と弓が、安曇に近づく。
もう少し――あと少し――
「う……」
イトナの目は、ただ弓と安曇の指先にだけ向けられている。
それでも、その呻く声は聞こえた。
地面に膝をつく、重い音も。
「六連様……？　いかがなさいました？」
「……くそ、なんだ」
膝をついた六連は、立ち上がろうとしている。
だが、叶わないようだ。
イトナには、六連に起きた異変の原因がわかっていた。
(あの薬を、素手で触ったからだ……)
青い壺に入っているのは、薬でもあり、毒でもある。
匙子の身体を経なければ、天の雫は完成しない。そう確信して壺を運び出したが、
あの壺の中には、百の薬箋をもとに作られた五百の丸薬が入っている。
混ぜろ、と未央が言った時にイトナは気づいていた。赤い壺に入っていたのは、

奏木の汁を主とした薬液だろう。薬物の経皮吸収を助けるために用いる。きっと、それだ。

あの濃度の薬液に素手で触れたのだから、もとが薬だろうと毒にしかならない。

「未央。まさか、お前――」

六連の呂律が、もう怪しくなっている。毒が頭にまで回り出しているようだ。

（届いた！）

イトナの手が、弓ごしに弾力を感じる。

「未央！　伏せろ！」

安曇の声が、響いた。

片方残った目は霞んでいる。それでも、この瞬間だけは見逃せない、と思った。

ヒュッと空を裂く音がして――六連の右肩に、矢が突き刺さった。

膝をついていた六連の、大きな身体が横に傾ぐ。そこにもう一本の矢が、腿に刺さった。

「ぐッ……！」

どさり、と音を立て、六連は地に倒れ伏す。

（やった……！）

鳳山を焼いた男を、ついに倒したのだ。

雛子や、園司の顔が頭をよぎる。――ヨハタの顔も。

失われたものは戻らないが、仇だけは討てた。

小さく弱い匙子がなすには、十分な功ではないか。

「イトナ――お前……」

影が、落ちた。

見上げると、高いところに安曇の顔がある。

安曇は、目を見開いていた。片目を失ったイトナの姿に、驚いているのだろう。

「一を癒す薬を……使ったの。もう一つは、六連を殺すのに使いたい」

イトナは、倒れた六連を指さした。

「俺を救ったのは……お前だったのか」

安曇の表情は、傾いた日を背にしているので、よく見えない。

ただ、彼が感激していることだけは伝わってきた。

「……安曇が、必要だったから」

安曇の腕が、イトナをそっと抱き上げる。

彼が痛みを感じていないのは、筋肉の動きでわかった。嘘のような話だが、天の雫は傷をすっかり癒してしまったらしい。

「よ、よくも……謀ったな……！」

倒れた六連は、自分を見下ろす未央に恨みを述べる。

未央の目は、冷ややかだった。

その間に、安曇が割って入る。

「未央、下がっていろ。あとは俺の仕事だ」

「貴方こそ下がっていて。この男を、雛子たちと同じ目に遭わせる」

安曇の制止を、未央は拒んだ。

同じ目に遭わせる、というのは、たとえではない。未央は、火打石をカチカチと鳴らしだした。焼く気でいる。

「――未央、よせ」

「許せない。……救済……救済と言ったのよ？　この男は、鳳山を焼いたのを、救済だって！　山に尽くした園司の命を奪っておいて！　許さないわ。我らの八百年の悲願を踏みにじり、雛子が得られるはずだった、穏やかな死を奪ったのよ！」

六連の身体には、すでに毒が回り切ったようだ。

胴は動かず、指先だけがピクピクと動くばかりであった。

「一度でも人を手にかければ、引き返すのは難しい」

安曇の手が、未央の肩を叩く。

遠くに、人の足音が聞こえてきた。

真珠を保護した、とかすかに声もしていたので、きっと安曇が配した兵士だ。

六連は、もう逃げられない。

真珠も、支持者を失った。

あとは――六連を殺せばいいだけだ。

「天に誓ったの。鳳山を焼いた者を、同じ目に遭わせると」

「六連は、俺にとっても父と兄の仇だ。憎い。だが、殺す前にすべて吐かせる。父と兄を、いかにして殺したか――」

安曇は、未央を説得するためにイトナを下に下ろした。

六連の身体が、そこに横たわっている。匙子の手にも届く場所に。

(ここまで追い詰めたのに……殺すなと言うの？)

六連は、パクパクと口を動かしていた。

かすかな声で、六連が訴えている。

「――父――オレじゃない――」

今さらなにを言おうと、知ったことではない。イトナは、六連の太い首に手をかけた。

もうすぐ、日向の兵士が来る。その前に、済まさねばならない。

「鳳山の恨みだけではない。父を殺した黒鉄大王はともかく、妹の仇を、このままにはできないわ。あの子には……斗水には、未来があったのよ」

「そなたたちは、十分に戦った。恨みにも報いると約束する。だから……あとは俺に任せろ。そなたらにもらった命、決して無駄にはしない」

「足りない」

「十分だ」
ぐっと力をかけると、手に喉ぼとけの感触が伝わってくる。
六連の口が「父上を、殺したのは――」と言葉を紡ぐ。
そして、指が――未央をさしていた。
――足音が、聞こえる。十、二十――五十三。
「安曇王！　ご無事ですね⁉」
兵士の声が間近で聞こえ、イトナはパッと手を離していた。
途端に、緊張の糸が切れる。手がぶるぶると震えだし、力が入らない。
「無事だ！」
安曇が、手を大きく振っている。
(殺せなかった――)
墓地の四方から、兵士が現れた。
六連をこの手で殺す機は、失われてしまったのだ。
(殺せなかった。失敗した……)
イトナは海を知らないが、その人の動きを波のようだと思った。
押し寄せる波が、境にあるものを海へとさらっていく。
兵士が集まり、六連を十人がかりで運んでいった。
天壺国の旧臣たちの骸も、葵衣の骸も、共に。

真珠は保護され、いつの間にか消えていた黒装束の一隊も、一部は捕縛できたそうだ。ただ、彼らはその場で自害したらしい。目に入る限りでは、すでに多くが事切れていた。

「そなたらは、よくやった」

安曇は、労いの言葉をかけて去っていく。つい先ほどまで、命が尽きかけていたとは思えない身軽さで。

未央は、呆然と立ち尽くすイトナの前に膝をついた。

手当をするつもりなのだろう。膏薬がぬるりと顔に塗られた。

「――もう一つ、ある」

ぽつり、とイトナは呟いた。

イトナの目は、もう一つある。一つを殺す、毒薬だ。これを使えば、牢に入れられるであろう六連を殺し得る。

「いいの。……それは、貴方が持っていて。もう、六連はなにもできない」

「回復したら、六連は父親を殺した者の名を言う」

イトナは、未央の夜色の瞳を、かすんだ目で見つめる。

「……聞いたの？」

「六連が言っていたのを聞いた。安曇に、知られたら困るんでしょう？」

少なくとも六連は、安曇と未央の間を裂くために、その事実を伝えようとしたはずだ。知れた時、二人の間には溝が生まれるだろう。

「はじめて毒を作ったのは、九歳の頃。貴方に会ったあの日、私は毒を作った。早緑の使者が来たのよ。依頼主は――輝夜帝だったわ。――その後も、たくさん作った。浪崗や、澄泉、羽野で黒鉄大王が使った黒柘榴も、すべて帝からの依頼で作ったものよ。その度――帝はおっしゃるの。これは――救済だって」

目の前にいる未央が、遠く見える。

遠く、小さく、そして、いっそ弱く。

イトナは、手を伸ばして未央の頬に触れた。

「未央様……」

「今年に入ってからも一度、早緑の使者が来たわ。知っているでしょう？　日向王の殺害に、私が作った毒が使われた可能性は高い。……鳳山は、そういう場所なの。七穂帝に命じられるまま毒を作り、渡してきた。ただ――輝夜帝は異常よ。それ以前の帝が使うのは、御代の間にせいぜい一度だけ。それなのに、輝夜帝の御代では、年に何度も依頼されていたそうよ。先代の斎宮は、西華方の崩壊に荷担したと、ご自身を責めておられた。――私の代でも、繰り返されている。東星方の千人の蘇真人を殺したのは、私。日向の王を殺したのも――」

「未央様は、悪くない」

包帯を巻き終え、未央は端をするりと結んだ。

「安曇も、いずれ知るでしょう。誰の毒が、父親の命を奪ったか」

「……どうして？　六連の口を塞げばいい」

「そうじゃないの。帝は、日向の富がほしい。このまま、東星方の混乱が収束するのを望んだりはしない。六連が、私と安曇の仲を裂こうとしたのなら、それは帝の意思だもの。別の誰かが、安曇の耳に入れるはずよ。——そんなことに、貴方の命を使わないで」

ぼんやりとだが、想像がつく。六連は、イトナに竹簡を読ませようとした。同じような手を使うのだろう。——今度は、別の誰かを踊らせて。

（なにも変わらない）

六連を殺しても、六連ではない誰かに代わる。それだけだ。

変わらず東星方は乱れ、人が死んでいく。闇は去らない。

「六連が消えても、次の六連が出てくる。——西華方のようになるまで、ずっと」

その未来が、イトナの目にも見えている。

イトナは、懐にしまっていた鏃を手に持った。

一つは、甘露宮で安曇にもらったもの。もう一つは、鳳山で死んだ園司の横に刺さっていたものだ。逆刺のついた鉄の鏃と、黒い石の鏃。両者は明確に別種である。

「これは——鏃？」

「石の鏃は、鳳山で見つけた。鉄のは日向の鏃。……六連の私兵は二百。安曇が言ってた。でもあの日は三百より多くの兵がいた。六連も、五百の兵があると言ってた。兵を貸した人がいる。この石の鏃を持った兵を。……鳳山を六連に焼かせたのは、帝なのでしょう?」

未央は返事をするかわりに、ひどく苦しそうな表情を見せた。

これは、輝夜帝が仕組んだ遊戯だ。

帝は、慈悲深いのではない。蘇真人の解放はただの口実だ。

東星方に混乱を招き、国が乱れ、衰えるのを待っている。

六連は踊り、真珠も踊った。芳児も、葵衣も。

帝に振り回されることなく、東星方が、東星方の意思で、蘇真人を解放する。帝につけ入る隙を与えない。それが、安曇の、そして未央の姿勢だ。

(でも、なにもできない——帝相手に、できることなんてなにもない)

輝夜帝は、八穂島の中心に座している。

人の手に届かぬ天が、匙子の手に届くはずもない。

虚しさが、重くのしかかってきた。イトナの身体は、急激な衰えの中にある。さらに目も一つ失った。衰えと痛みが、重さに拍車をかけた。

「何度も願った。いつか帝を弑する者が現れるはずだと。……でも、無理よ。日輪は遠い。帝は御所の奥深くから一歩も出ず、警護の兵は千人。毒味は十人いて、ただ一人の侍医が出した薬以外は口にしないそうよ。帝も、自分がどれだけの恨みを買っているかを知っているの」

　未央の目は、西を見ている。七穂国のある方を。

　その時――光が見えた。

　未央の一言で、イトナの目に希望の光が差し込んだ。

「まだ――ここに一つ残ってる」

　一つの意思をもって、イトナは言った。

　未央は、イトナの意思を即座に理解したようだ。

「無理よ、イトナ。貴方が甘露宮を出た直後に、丹馬車が到着したの」

「だから――今なら間にあう」

　これ以上ない、命の使い道ではないか。

　イトナは、にこりと笑んだ。

「まさか――」

「私たちにしか、できないことをしたい」

　匙子に選ばれた日の高揚が、胸に戻ってくる。

「雨芽薬主の末裔に、命を委ねるというの？」

「違う。雨芽薬主の末裔を利用して、匙子の私が、千年の恨みを晴らすの」

　イトナは、自分の手を、未央の手に重ねた。

「イトナ……」

「使って、未央様。私のために」

自分の人生は、この瞬間のためにあったのだ。

なに一つ、無駄ではなかった。未央との出会い、ヨハタとの別れ。なにもかもすべて。

未央の手が、イトナの目に近づいてくる。

夜闇の色の、美しい瞳。

空を見る余裕は、やはりなかった。


鯨柿の年、十月十日。

鳳山の斎宮・未央は、輝夜帝に天の雫を献上した。

古式にのっとり、拝謁は人を極限まで排して行われた——と宮史《みやふひと》は記している。

未央の連れてきた匙子を見て、帝は大層喜んだ。

——よもや、本物を用意するとは思わなかったぞ。見事だ。見極めのために、贄も用意していたのだが。いや、十分だ。話は聞いている。日向の王を救い、紅毛の賊を殺したとか。見事なり。まこと、見事なり。

——雛子を救済したのは早計であったようにも思うな。存外、役に立つ。

——いや、救済は必要だった。雛子なしでも薬草畑は維持できると、先代の斎宮から聞いていた。哀れな雛子は、やはり救わねばならなかったのだ。

――今後も励んでもらいたい。東星方には、まだまだ鳳山の力が必要だ。

これに対し、未央がなんと答えたかの記録はない。

宮史はただ、斎宮の清らかさと、両目のない匙子の異様な姿にのみ言及している。

謁見を終えた未央が、その帰りに侍医に耳打ちした内容の記述もない。

――恐れながら、帝のお身体は今でこそご健勝に見えますが、内に大きな病を抱えておいでです。今年の内に、お倒れになってもおかしくはありません。私の匙子は、内の腫物のにおいを嗅ぎ当てます。人に見えぬものを見、人に聞こえぬものを聞くのが匙子でございますから。

――残念ながら、お助けする手立てはございません。せめて、こちらを。天の雫が、わずかながら余っております。余りものを差し上げるのは恐縮ですが、ご容赦を。天の雫の、一を癒す秘薬を粉にしたものです。

――これで、春、あるいは夏までご延命は可能になりましょう。

――少しずつ、日々のお食事に混ぜてくださいませ。

――少しずつ。

跋

鳳の木

トントン、カンカン、と規則的な音が続く。

工人らの鳴らす槌《つち》の音は、イトナの日常の一部だ。

――鳳山の炎上から、一年が経っていた。

鳳翼院の再建は順調に進み、ほぼ以前と同じ姿を取り戻している――そうだ。

イトナは目を失ったので、その全容を知る機会がない。ただ、桜良は丁寧に新たな建物を案内してくれるので、おおよそを理解することはできた。

あの長い渡り廊下も、復活している。

ただ、その先にあるのは薬草畑だけだ。

雛子はいない。白肥もない。

新たな鳳山は、最後の匙子の死を待っている。

「今日は、調子がよさそうだ」

洞の岩簾の向こうで言ったのは、東星方の大王の地位を委任された安曇である。

安曇は、月に一度はこうして未央を訪ねてくる。甘露宮にいた頃と、同じように。

「うん。まだ生きてる」

「そんな言い方をするな」

安曇は窘めるが、実際、イトナの命はいつ尽きてもおかしくない。

天の雫になるために身体を変えると、匙子の、そうでなくとも短い命はさらに縮むのかもしれない。イトナの前に未央の匙子だったトハタミは、十七齢になる前に死んだ。イトナは十六齢になったばかりだが、トハタミより多くの毒を身体に入れている。きっと寿命は近い。

だが、悔いはなかった。身体は衰え、歩くこともできない。だが、やるべきことはやり切った。満足だ。衰えさえも誇らしい。このイトナの気持ちは、強健な安曇にはわからないだろう。

「生きてるから、嬉しいの」

安曇は「そうか」と小さく相槌を打った。

未央は、少し離れたところで工人となにやら話している。こういう時、わざわざ訪ねてきた大王を後回しにする辺りが、未央らしいと思う。

「――連れていってやろうか。海に」

安曇の言葉に誘われるように、見えぬ目の向こうに風景が見えた。

美しい、鮮やかな一面の碧。そして、空の蒼。

一度も見たことはない風景だが、頭の中にはたしかな像が結ばれた。

自分が失った瞳の色。そしてヨハタの瞳の色。

きっと美しいだろう。

イトナは口元に笑みを浮かべ、けれど首を横に振った。

「気持ちだけで、嬉しい。ありがとう」

「三日で着く」

海の傍で死なせてやろう、と安曇は言っている。

彼なりの優しさなのだ。声に交じる涙で理解できた。

「ここに――この鳳山にいたいの。それに、これがあるから」

イトナは、甘露宮で安曇にもらった貝殻を見せる。鳳山に戻った直後、扶桑園に落ちていた、と安曇が届けてくれた。今も、イトナの宝物だ。

「未央も、同じことを言っている。ここから動きたくないそうだ」

「ずっと一緒って約束したの。七十になったら、男でも内門をくぐれる。安曇も会いに来て」

安曇は「勘弁してくれ」と苦笑していた。未央が作った毒が父親を殺した――と安曇は、知っているのか、いないのか。少なくとも、イトナは彼の態度の変化には気づけない。

一生変わらないのではないか、とも思っている。

六連は、毒の麻痺から回復することなく、鳳山の門前で火刑に処されている。未央は自らの手で火を放ち、火が消えるまで見届けた。その苛烈さを目の当たりにしても、安曇の愛は揺らがぬらしい。妻を新たに二人迎えたが、大后の地位は空けているそうだ。

「……七十か。その頃には、世も変わっているだろうな」

「安曇の話が聞きたい。会いにきて。――私のことが好きでしょう?」

あと五十年あれば、安曇が憩える木陰も作れるだろう。

木陰で、白髪頭の未央と安曇が、のんびりと昔話をする。

それはとても、美しい光景のように思われた。

「あぁ、好きだよ。よし、きっとそなたに会いに来よう。約束だ」

イトナは「うん」と笑顔でうなずく。

安曇は岩簾の間から手を出し、その淡くなった紅色の髪を撫でた。


――輝夜帝は、春の終わりに崩御した。

後継者はその長男と定まっていたはずが、突然台頭した次男が妨害し、末弟まで名乗りを上げたという。今も新たな帝は即位をしていない。跡目争いには、外部の介入があったとの噂も聞こえてきた。

一度、安曇に尋ねたことがある。「あれは安曇がやったの？」と。

すると「あとは任せろ、と言っただろう？」と穏やかに笑っていた。

真相を、イトナが知ることはないだろう。ただ、その後、一度も早緑の使者は来ていない。それだけわかれば十分だった。

「海、行かなくてよかったの？」

ゆっくりと鳳翼院に向かう階段を、未央に抱えられながら上っていく。

「ここにいたいの」

安曇に答えたのと同じ言葉を、イトナは繰り返した。

未央は、イトナに海を見せられなかったことを悔いている。

もしもあの時、片目だけでも残っていたら——と。だとしても、輝夜帝は意味もなく天の雫を試す気でいたのだから、不可能だったはずなのだが。

とはいえ、ここにいたいというのも嘘ではない。身体が木になろうとしているのではないかと思う。もっと遠くへ、もっと高くへ、と求める気持ちは消えていた。

未央は、イトナと約束をしている。

死したのちは、灰となって鳳の木の肥になる——と。

斎宮一人の軀で、幾万の蛭子や雛子、髭子の無念が晴れるとも思わない。一人の斎宮と、一人の髭子の間に芽生えた愛だけを根拠にして、水に流すべきではないだろう。立派な慰霊碑があろうと、同じことだ。

しかし、雛子の歴史だけでなく、代々の斎宮が目指してきたものも知っている。八百年のたゆまぬ努力がなければ、イトナもこの満ち足りた終わりは迎えられなかっただろう。未央の戦いも近くで見ている。恨みと同じだけの感謝があった。多くを失ったが、多くを得もした。自分たちにしかできないことを、たしかに二人で成し遂げたのだ。

互いに、背負った千年への義理は果たしたのではないか——と思っている。

だから、未央の贖罪を受け入れた。

千年の因縁の向こうで、未央とイトナは新たな絆を得たのだ。

私たちはずっと一緒よ、と未央は言っていた。しかし、このところイトナの心は変化している。死して共にあれるのなら、生きている間は、好きにしてほしい。

未央がこれから、安曇を選んで甘露宮に移ってもいい。安曇を愛しても、子を産んでも、未央がそれを望むのであれば、それでいい。自分たちの永遠は、変わらないのだから。

薬師の道に反したとして、未央は薬師としては人を診なくなった。

一命をとりとめた真珠は鳳翼院にいて、杖を使えば歩けるだけ回復した。暇だ、と言っては薬学を学ぶようになり、最近は斎宮を代わってやってもいい、と言っている。人殺しの毒を作らずともよいならば、と。

未央は、これからどんな人生を歩むのだろう。

どうであれ、幸いが多ければいい。心からそう願っている。

「天の雫はね、一を癒し、一を殺すのが本来の目的じゃないの。……鳳山にある一番古い資料には、魂を救う秘薬だと書かれているわ」

「……そう」

夕の近い、涼やかな風が心地いい。

イトナは、少し遠く聞こえる未央の言葉を、穏やかな気持ちで聞いていた。

「はじめて会った日、貴方の優しさに触れて、私、思ったの。……きっとこの子が、私の天の雫になるだろうって。ねぇ、イトナ。貴方は――私の天の雫よ。私の、魂を救ってくれた」

ありがとう――と未央が言った声が、涙で震える。

なにか言おうと思ったが、声が出ない。

けれど、きっと伝わっている。

「少し休んで。――愛しているわ、イトナ」

ぽたり、となにかが降ってくる。

ぽたり、ぽたり。温かな液体は、きっと未央の涙だ。

目に見えずとも、輝きは鮮やかに感じられる。

魂を救う、秘薬。たしかにそれは、イトナの魂を救った。

――天の雫だ。

穏やかな微笑みが、イトナの頰には浮かんでいた。

天の雫　鳳の木・了

この作品は書き下ろしです。

天《あま》の雫《しずく》 鳳《おおとり》の木《き》

喜咲冬子

2023年8月5日　第1刷発行

発行者　千葉 均
発行所　株式会社ポプラ社
〒102-8519　東京都千代田区麹町4-2-6
ホームページ　www.poplar.co.jp
フォーマットデザイン　bookwall
組版・校正　株式会社鷗来堂
印刷・製本　中央精版印刷株式会社

N.D.C.913/335p/15cm　ISBN978-4-591-17869-0

P8101473